malaises imaginaires

malaises imaginaires

ben morris

lou benedict

LOCUS

Conception graphique : Bernard Marquis

Source de l'image : © Depositphotos

Cet ouvrage est une œuvre de fiction ; toute ressemblance avec des personnes ou des faits réels n'est que pure coïncidence.

Tous droits de traduction, de reproduction et d'adaptation réservés

© 2024 Locus Production inc. & Ben Morris

Information: contact.locus.production@gmail.com

Pages Facebook

@benmorrisauteur
@loubenedictecrivaine
@PromoLire

Dépôt légal — 4ème trimestre 2024

Bibliothèque et Archives nationales du Québec Bibliothèque et Archives Canada

ISBN (imprimé) 978-2-9821047-6-1

ISBN (ePub) 978-2-9821047-8-5

table des matières

Le mot réalisme ne veut rien dire. Dans une certaine mesure, tout est réaliste. Il n'y a pas de frontière entre l'imaginaire et le réel.

Federico Fellini

Le réel et l'imaginaire forment un tout indissociable.

Georges Duby

La seule vie qui soit passionnante est la vie imaginaire.

Virginia Woolf

1 /
mal armé

Ben Morris

UNE NUIT AGITÉE s'amorce pour moi, je le sens. Ce n'est pas la première et sans doute pas la dernière que je passerai dans cet enfer. Je tâche de garder le moral, même si mes réserves d'énergie sont à la baisse. Je n'ai parlé à personne depuis que je me suis retrouvé dans ce désert, entouré à l'infini de pierres concassées. Quel décor sinistre ! Je n'ai aucune idée de l'endroit où je me trouve ni du pourquoi ni du comment.

Je dois essayer de dormir, mais je ne compte pas trop sur un sommeil réparateur pour me remettre sur les rails. Fébrile, malgré ma grande fatigue, je ne pourrai pas facilement m'abandonner dans les bras de Morphée. Un carrousel infernal de questions tourne dans ma tête. Suis-je le seul survivant dans ce monde en ruine ? Où sont rendus les autres membres de mon escadron ? Pourquoi n'ai-je aucun souvenir de ce qui s'est passé ?

Un tintement se fait entendre. Une sonnerie ? Un téléphone cellulaire se trouverait-il sous les débris ? En tassant les cailloux vers la provenance du bruit, j'en déterre un qui vibre. Ce n'est pas possible, le son ne peut quand même pas émaner d'une pierre. En approchant la roche de mon oreille, une voix retentit… Celle de ma mère.

— Samuel, je suis heureuse de pouvoir te parler. Je ne dispose pas de beaucoup de temps, mais je tenais à te dire que nous pensons toujours à toi.

— Et moi, si content de t'entendre ! J'ai dû en perdre des bouts. Comment as-tu fait pour me joindre ici, de cette manière ?

— Ne te tracasse pas avec ça, mon fils. Pour l'instant, tu dois te reposer, tu as une longue route à parcourir.

— Maman, il faut que je sache où suis-je ? Qu'est-ce qui m'est arrivé ? Où sont les autres ?

— Laisse le passé derrière toi. Concentre-toi sur ton avenir et ta survie. Tu vas trouver ton chemin si tu persévères.

— Es-tu en contact avec mon poste de commandement ? Il me faut parler à un responsable. Passe-moi quelqu'un, vite, je t'en prie.

— Moi, tout ce que je peux faire, c'est te parler. Je te laisse, maintenant. Bonne nuit, mon fils.

La ligne se coupe. Comment tenter de rétablir la communication ? Avec la foi d'un enfant, je tâte la pierre sous toutes ses arêtes, sans résultat ; de guerre lasse, je glisse le caillou dans ma poche. En m'allongeant un peu pour méditer là-dessus, je m'assoupis.

Un grognement me réveille. Un animal feule dans le noir. Le son augmente. Je sors mon arme et la pointe droit devant. Le bruit se déplace dans mon dos. En me retournant, j'agrippe mon couteau. Si la bête me saute dessus, je la truciderai avant qu'elle ne m'attaque.

Les feulements se multiplient. Une meute de loups ? Si je réussis à décourager le chef de la meute, les autres seront peut-être intimidés. Le souffle de l'animal dans mon cou déclenche un état de panique. Malgré tout, je ne bouge pas, de peur de provoquer l'agression. J'attends que le chef se compromette. Je sais que c'est lui qui donnera l'assaut en premier.

Soudain, une morsure à l'épaule accapare mon attention. Je me concentre sur cet agresseur, mais c'est difficile. D'autres attrapent mes jambes et égratinent mon ventre. La douleur est vive. Défiant la bête qui a mordu mon épaule, mon couteau transperce sa chair, provoquant un cri stri-dent. Tous lâchent prise en même temps. Le chef de la meute entraîne les autres. Ils battent en retraite. Soulagé, mais exténué, je perds conscience.

À l'aurore, je me tâte pour constater l'ampleur des dégâts. Mes viscères me font mal, mais les lésions sur ma peau ne sont pas profondes. Heureusement, je n'ai pas perdu beaucoup de sang dans l'échauffourée. Je me lève, rassuré de pouvoir encore marcher. C'est une bonne nouvelle.

En route depuis une bonne heure, je constate que le décor demeure inchangé. Peut-être suis-je en train de tourner en rond comme un con. Comment repérer le Nord, sans boussole, dans cet univers postapocalyptique ? Un petit paquet posé sur le sol attire mon regard. Un sachet en papier comme ma mère en préparait jadis. Je l'ouvre. Il contient un sandwich. Le pain est frais et la tranche de jambon a l'air appétissante. Affamé, j'avale mon goûter sans me méfier de qui peut l'avoir laissé là. Il ne me manque qu'une bouteille d'eau pour que mon bonheur soit complet.

Assoiffé, je continue de me déplacer dans l'es-poir de trouver de l'eau. Ma gourde est à sec depuis au moins 24 heures. Après quelques centaines de mètres à marcher sous une chaleur accablante, l'horizon vacille. Une silhouette se dessine au loin. Est-ce seulement une illusion ?

LE SOLEIL qui me tape sur le crâne provoque sûrement cette hallucination. C'est le danger de la déshydratation. Après quelques instants, je distingue qu'un homme se dirige vers moi, me poussant à saisir mon fusil. S'agit-il d'un taliban ? Suis-je en terrain hostile ? Une petite voix dans ma tête me dicte de rester sur mes gardes, le temps de savoir si cette personne appartient au camp ennemi.

L'homme continue d'avancer malgré l'arme pointée dans sa direction. Il lève les mains en signe de reddition quand je lui intime de s'immobiliser. Il n'est manifestement pas armé. Je m'approche pour effectuer une fouille sommaire, tout en lui demandant d'où il vient, en vain. L'inconnu hausse les épaules. Il ne semble pas comprendre ma langue. J'agite le sachet vide sous son nez. Il hausse les épaules. Visiblement, ce n'est pas lui qui a abandonné son dîner, alors je me sens moins coupable. Il réagit quand je brandis ma gourde en mimant quelqu'un qui boit. Il pointe l'horizon. Y aurait-il de l'eau un peu plus loin ?

Il se met en mouvement et nous marchons d'un bon pas dans ce purgatoire. La tête me tourne et j'ai les oreilles qui bourdonnent. Un vrombissement sourd gagne en intensité et prend le dessus sur les sons dans ma tête. L'humidité dans l'air et la bruine qui s'échappe du ravin devant nous laissent deviner une cascade à proximité. Une rivière aux eaux tumultueuses apparaît, nous narguant de ses rapides infranchissables. J'arrive à peine à distinguer ce qui se trouve sur l'autre rive, mais la présence d'une végétation abondante me réconforte. Nous devrons figurer plus tard un moyen de traverser. En y plongeant le menton, je bois jusqu'à plus soif. L'homme, derrière moi, reste de marbre. Il n'a pas dû traîner aussi longtemps que moi dans ce désert. Désaltéré, je repars avec une gourde pleine.

Ensemble, nous longeons le cours d'eau en aval pendant une bonne demi-heure. Dès que les eaux se calment un peu, l'homme entreprend de rejoindre l'autre berge. Il me faut résister à l'envie de le suivre. Lesté de mon arme et du poids de mon attirail, je n'y arriverais pas. C'est sans compter les douleurs qui me tenaillent le corps, reliquats de cette attaque sournoise subie la nuit dernière. Au milieu du torrent, l'homme trébuche et les flots l'emportent. Soulagé d'être resté derrière, je le vois dériver, entraîné par le courant. La descente le long du rivage me permettra de trouver un endroit propice pour traverser. Le débit de la rivière demeure très fort et ma progression s'annonce laborieuse. Après quelques heures de marche, le soleil décline et je décide de me reposer un peu.

Je m'endors finalement ; puis un grognement menaçant me réveille. Encore des loups ? Cette fois, ils semblent plus nombreux et plus voraces. Ils m'attaquent, déchirent mon uniforme et percent ma peau de leurs dents acérées, provoquant un saigne-ment abondant. À l'aide de mon couteau, j'arrive à en blesser un. Il beugle avant de prendre la fuite. C'est suffisant pour convaincre les autres de lâcher prise. Ils se regroupent puis déguerpissent à leur tour.

Épuisé, recroquevillé, je me rendors. Les premières lueurs du jour me tirent du sommeil. Au moins, l'hémorragie est contenue et je ne perds plus de sang. En me redressant pour poursuivre ma route, une vibration en provenance de ma poche m'interpelle. J'y plonge ma main pour en sortir la roche et l'accoler à mon oreille. La voix de ma mère résonne à nouveau.

— Comment ça va, mon fils ?

— Je parle avec une roche, ça devrait te donner une idée de mon état mental.

— Tu dois te rendre de l'autre côté, mon enfant.

— Comment sais-tu où je me trouve ? Tu dois m'aider, tu es mon seul espoir !

— Je suis désolée, Sam. Je ne peux rien faire de plus. Tu devras finir ton voyage tout seul. Nous allons nous revoir là-bas.

— Tu y seras ?

— C'est promis.

Le signal s'évanouit et me laisse encore une fois impuissant à le ranimer. Dépité, je fourre le cellulaire de fortune dans ma poche, décidé à poursuivre ma route.

La rivière s'apaise davantage. Le paysage sur l'autre rivage me semble familier. Suis-je déjà venu ici ? Je me prépare à nager en enlevant mes bottines. J'en noue les cordons avant de me les passer autour du cou. L'eau est toujours agitée, mais je ne peux pas attendre plus longtemps. Ma traversée doit commencer.

Une fois plongé à l'eau, je reconnais finalement l'endroit. C'est la rivière où j'allais pêcher le saumon avec mon père. Je serais donc au Québec, en Gaspésie ? C'est une bonne nouvelle. J'aperçois la silhouette d'un homme sur l'autre rive. Est-ce le type qui m'a accompagné ? Le savoir vivant me réjouit. Il est calme, il me regarde progresser, puis son air serein disparaît tout à coup. Une vague me frappe derrière le crâne, me faisant perdre pied. Un tourbillon m'entraîne vers le fond. Pour survivre, je me déleste de ce qui m'encombre, mon arme, mes bottines et ma gourde. J'avale de l'eau et mes poumons brûlent. Est-ce la fin pour moi ?

***

DANS LE SALON des visiteurs de l'Unité des soins intensifs, l'homme en sarrau blanc affiche une mine sérieuse.

— Nous avons tenté tout ce qui était en notre pouvoir pour aider votre fils, madame Laroche, mais nous ne pouvons plus rien faire pour lui.

— Je sais que vous avez fait beaucoup de choses, mais vous n'avez pas réussi à le ramener. C'est un jeune homme plein de potentiel, il a plusieurs belles années devant lui, et…

— C'est la raison pour laquelle, nous avons tenté l'impossible, mais Samuel n'a plus aucune chance de s'en sortir.

— Il est toujours vivant ! Il y a de l'espoir, non ?

— Des machines le maintiennent en vie artificiellement. Il est cliniquement mort. Nous ne pouvons pas le garder dans cet état très longtemps. Poursuivre nos interventions serait considéré comme de l'acharnement thérapeutique. Même s'il n'interagit pas, son organisme éprouve un stress immense depuis une période critique. Son cœur s'emballe à l'occasion indiquant qu'il subit des chocs violents d'une intensité comparable à la foudre.

— Je comprends… Il faut mettre un terme à ses souffrances. Que va-t-il se passer à partir de maintenant ?

— Nous allons augmenter la dose de tranquillisant et fermer les machines une à une. Il va partir en douceur. Vous serez à son chevet pour lui faire vos adieux.

POUR REMONTER À LA SURFACE, je dois retirer mes vêtements. Je détache ma ceinture et enlève mon pantalon cargo. Je garde seulement mes chaussettes, ma chemise et mon sous-vêtement. Je me hisse de peine et de misère pour m'extirper du remous qui me brasse de tout bord tout côté. Finalement, ma tête émerge de l'eau.

Assombri, le ciel annonce un orage imminent. Un vent de face gêne ma progression. Les nuages massifs déversent une pluie abondante qui déferle sur mon visage et brouille ma vision. Dans ces conditions, je ne peux plus avancer. Pendant ce temps, le débit de la rivière augmente et je peine à toucher le fond. Le tonnerre gronde et des éclairs éblouissants déchirent le ciel. Le rythme des déflagrations s'intensifie. La tempête se rapproche dangereusement. Des éclairs frappent la surface de l'eau tout près de moi. Des décharges électriques traversent mon corps. Je reste debout malgré tout, mais je sens mes forces me quitter. Pourquoi ne pas tout abandonner et me laisser emporter par le courant ? Mon instinct de survie me dicte de m'accrocher. Le ciel s'apaise. Je récupère un peu. Je suis maintenant en mesure de reprendre du rythme.

Je discerne la présence d'un homme, debout à côté de l'inconnu. Je connais cette personne. C'est mon père ? J'hallucine. Ce n'est pas possible, mon vieux est mort depuis deux ans. Il vient à ma rencontre et il m'aide à sortir de l'eau.

Je lève les yeux au ciel. J'observe une image apparaître à la surface des nuages qui servent d'écran. Je distingue le visage d'une femme, celui de ma mère. Elle regarde un corps et elle pleure. Puis, je me vois, allongé sur un lit d'hôpital. Je comprends enfin ce qui m'arrive.

Je me retourne. Le paysage se transforme autour de moi. Mon père prend ma main et nous progressons ensemble vers une source de lumière intense, attirante et bienveillante.

2 /
pour mal faire

Lou Benedict

MON CŒUR S'AFFOLE ; les ténèbres emportent ma sœur de plus en plus loin.

La chaleur dans le creux de ma paume s'est affadie, me faisant douter du ressenti fugace, chargé d'espoir fou qui survient chaque fois que ma mère quitte le chevet d'Élie. J'espère toujours que celle-ci franchira le seuil de notre maison, exultant « Élie s'est réveillée, elle a parlé de toi ! ». Je me sentirais moins trahie. Je serais complète à nouveau, car j'ai subi cette longue convalescence sans avoir pu la visiter à l'hôpital.

J'entends l'auto de ma mère qui écrase le gravier dans l'entrée. C'est aussi le son de son cœur émietté lorsqu'elle ravale ses paroles, pendant que ses pensées hurlent leur désarroi en ce troisième mois de coma, de soupir en soupir.

Élie, Élisabeth, ce nom de reine qui lui revient d'être arrivée au monde juste avant moi, devait subir une tentative de réanimation aujourd'hui.

Ça ne s'est pas bien passé, je le sais. Tout mon corps est lourd, mes mots gourds tremblent de vibrer dans l'air lorsque je devrai saluer ma mère fantôme.

Mais c'est moi, Élaine, qui suis devenue invisible depuis que ma sœur navigue entre la vie et la mort. Toute la force mentale de mes parents a été prise en otage en même temps que la conscience de mon autre moi, alors qu'une auto a catapulté Élie à l'intersection menant à la pharmacie où elle allait seule s'acheter des protections sanitaires. Parce que oui, elle fut en avance sur moi pour les menstruations, ce qui est un comble pour des jumelles homozygotes. Je veux dire pour des jumelles aussi entraînées à la synchronicité.

LE COUINEMENT des gonds sert de salutations, ma mère secoue la porte et rien ne sort d'elle, sauf le soupir qui se mêle au mouvement d'air. Je respire en réalisant que j'ai bloqué mon souffle dans l'attente d'un petit « Allo, ma chouette, on va manger ensemble ce midi ? »

On dirait que je m'exerce à deviner ma mère sans attendre ses paroles, comme Élie et moi étions habituées à le faire l'une pour l'autre. Je me déplace vers le coin cuisine et je fais réchauffer la soupe à haute température, de peur que le téléphone ne carillonne et qu'elle déclare à voix haute, comme si sa conscience lui volait sa voix, qu'elle repart illico, pour retourner à l'hôpital ou rejoindre mon père qui a besoin de son témoignage dans les démarches qui l'abîment depuis l'accident.

À la surface du potage, les bouillons menacent, les bulles éclatent et quelques gouttes brûlent mon poignet qui longe la louche. Ça me rappelle que je suis vivante, mais sur le bord de l'implosion. Et le fond du chaudron réserve une corvée à qui osera le regarder.

Je déplace le récipient brûlant et le pose sur la plaque protectrice, au centre de la table. Ce n'est pas un repas, ce n'est plus une famille qui se réunit autour de la nourriture. C'est plutôt le métronome de la nécessité qui s'agite au cours de la journée. Parce qu'on n'a pas faim, parce qu'on évite de se regrouper à trois. Les pentures du cœur grincent, la partie manquante de la musique de notre vie est un trou noir.

Ma mère se mouche. Moi, mon nez est demeuré embourbé depuis le moment où le corps d'Élie a été intubé et percé de tubulures aux soins intensifs. Je n'ai pas besoin qu'on me confirme que le respirateur artificiel assujettit encore le nouveau « nez parfait » de cette chère Élie.

J'avais vécu cette douleur par procuration, il y a moins d'un an, lorsque l'opération s'était accompagnée du bourrage de coton dans ses naseaux. Je ne méritais pas ça, j'avais enduré le délire de ma sœur qui se trouvait laide depuis l'entrée à l'école. Rien ne l'avait fait changer d'idée. Les parents avaient décidé qu'elle attendrait ses douze ans pour subir une intervention correctrice, vu que la puberté réserve son lot de surprises morphologiques. Ils rêvaient peut-être en douce d'échapper à la facture esthétique ?

Pourtant, je les ai convaincus du sérieux de son mal-être, même s'ils ne l'avoueront jamais. Écouter ses lamentations, c'était une chose fatigante, mais trouver toutes nos photos d'école avec un trou à la place de la face d'Élie, c'était une usurpation de mon histoire, de mon identité, de mon amour-propre. J'avais brandi cette preuve de vandalisme, en pleurs. Est-ce que j'étais ratée, moi aussi, si l'épanouissement d'Élie méritait de subir une anesthésie générale et une modification de sa cloison et des ailes de son nez, plutôt que de continuer à me ressembler ? Je leur ai aussi reproché de ne pas avoir créé des souvenirs, comme si nous n'étions pas une source de joie et de fierté. À l'aube de la puberté, en dépit de la pudeur de démontrer moins souvent l'affection qui nous unissait, je cherchais encore des parents fidèles au rôle de spectateurs de notre vie. Rien ne garnit les albums photos à la suite de l'anniversaire de nos cinq ans, avec des dents manquantes. Les photos officielles de classe devinrent l'unique jalon de notre croissance jusqu'à ce jour.

À l'école primaire, la directrice avait accepté qu'on soit dans la même classe, mais éloignées l'une de l'autre pour faciliter au corps enseignant la reconnaissance d'Élie et d'Élaine. J'avais beau expliquer à Élie que son « gros » nez ne servait même pas à nous discriminer, elle avait fini par m'imposer la face laide qu'elle détestait croiser dans le miroir. Si je lui survis, je n'ai pas seulement perdu ma sœur, ma complice, mon double, elle m'aura volé des souvenirs sans que je puisse corriger le tir. Dire qu'on n'a pas eu notre photo officielle de groupe à l'école secondaire, en raison de la formation à distance pendant la pandémie. Évidemment, Élie fermait sa caméra, cela me condamnait à avoir honte deux fois. Quand les réseaux sociaux faisaient la « une » avec les étapes volées à l'enfance, que ce soit la privation des amitiés de cour d'école ou le bal de fin d'études à l'adolescence, j'éprouvais le plaisir coupable de me savoir la fille la plus éprouvée parmi tous les jeunes. Je n'avais plus de photos intactes de ma vie scolaire. J'écrivais un roman dans ma tête ; ce chapitre était épique parce qu'il resterait tabou. Comment sortir de ses gonds tant que l'affront vient de sa sœur au nez plus-que-parfait ?

JE LÂCHE MA BOMBE, pendant que la soupe quitte nos bols et qu'on est toutes deux occupées à se tamponner la bouche plutôt qu'à converser.

— Aurais-tu pris une photo avec ton cellulaire ?

Elle recrache le liquide qui n'avait pas fini sa descente, tousse, s'empourpre et s'essuie tout le visage. Ses yeux larmoient, la peur d'étouffer, peut-être ?

— Es-tu folle ? À quoi ça servirait, Élie ne supporterait pas une photo où elle ne se trouve pas parfaite. Tu veux me torturer ? J'ai assez de peine comme ça, sans que tu…

— Une photo POUR MOI ! Si le réflexe de respiration avait repris son cours, aurais-tu pensé à célébrer ça avec moi, en me montrant qu'on lui a retiré le respirateur ?

La voilà éberluée, je lui fais un caprice, peut-être ? J'avais endigué ma frustration si longtemps, le flot de mots dangereux déferlait.

— Je ne suis pas un robot, merde ! Je n'ai pas pu la voir depuis trois mois. C'est irréel, c'est inhumain. Quand est-ce que vous allez penser à moi ? J'existe, même en silence. Ma peine est sûrement pire que la vôtre. Vous ne savez rien de moi, de nous deux… Et pour mal faire, vous décidez à ma place de ce qui sera le plus pénible, comme souvenirs !

Pendant que je hoquète, je vois ses paupières aplaties, pressant ses globes oculaires au plus profond de ses orbites. Tout son visage s'est creusé depuis l'épreuve. Elle capture tant de choses dans sa boîte noire.

D'une voix atone, elle répond, le regard éteint.

— Justement, on pense à toi. C'est notre devoir de te protéger. Ce n'est pas beau à voir, l'installation d'Élie dans cette salle d'évaluation. Pauvre pantin inerte, sans personne qui sait contrôler la scène vers son dénouement. Tu ne veux pas de ces souvenirs-là. J'en suis hantée pendant mon sommeil, et…

— Et ses menstruations, elle les a eues ? Je veux dire, si son corps fonctionne, avec l'assistance des machines…

Ma mère se vide de toutes couleurs, elle ouvre et ferme la bouche. Puis elle rattrape une goulée d'air.

— Ça fait trois mois, je ne me rappelle pas si le personnel infirmier m'a dit qu'elle avait eu ses saignements, ni leur durée ! C'est quoi, cette question-là ? Je m'inquiète pour toi, ma fille.

— Ben oui, ça fera changement. Je les ai eues, maman, mes premières menstruations. Sans Élie pour en parler. Sans toi, près de moi, pour m'écouter. Tu savais ça, mmmh ?

La statue devant moi commence à suinter. Ses paupières ne sont plus étanches. Puis le cellulaire carillonne. Elle s'anime et se précipite vers son sac à main. L'écluse s'est activée, j'en serai quitte avec cette honte d'avoir osé parler de mes états d'âme alors que les jours d'Élie sont comptés. C'est le détonateur qui nous tient à cran.

JE L'ENTENDS qui explose au téléphone « Roger, ça suffit. Arrête, t'es obsédé par tes poursuites, je ne vais pas jouer dans ta parade. Tu devrais t'occuper de nous… »

Je quitte ma chaise en heurtant la table, mon verre d'eau bascule et noie la nappe. Il faut que je m'éloigne. Je ne vais pas subir la partition de ma mère en réaction aux propos échevelés de mon père, absent, qui joue au journaliste d'enquête, se faisant tour à tour détective et juge, en cherchant dans la jurisprudence la meilleure façon d'en découdre avec le chauffard récidiviste. Sait-il ce qu'il cherche, vraiment ? Y aura-t-il une réparation quelconque de la vie familiale assassinée, en attendant le verdict de vie ou de mort de notre Élie ? Il n'y a pas qu'une vie amochée, il y a trois victimes dans l'onde de choc. Et le tabou du silence, déguisé en compassion, est un poison. Qu'on y survive, le traumatisme reste entier et tangible, comme un cratère après l'explosion.

***

DONNER NAISSANCE À DES JUMELLES, ce n'est pas usuel. Comme les autres, ma mère a dû épier ses fillettes depuis nos premiers vagissements. Ce n'est pas à elle de décider. La gémellité est un foutu coup de dés : soudées ou antagonisées ?

Élie a choisi les boulons, les écrous, les fils de soudure pour qu'on soit l'armure l'une de l'autre. Au début, c'était le mimétisme ; on ne se séparait jamais, on chorégraphiait nos gestes, en miroir. Avec les habiletés, le jeu est devenu le flux qui rend les matériaux du fil à soudure si adhérents aux contours. Les balbutiements en échos, puis le mot de l'autre complété à la suite de la première syllabe entendue. À la maternelle, on a pouffé de rire et deviné ce que l'autre avait imaginé ou refusé d'exprimer à voix haute, lors des interactions avec les intrus. À la fin du primaire vint l'étape du code Morse, les petits tapotements espacés, sur l'avant-bras de l'autre. Je devais être toujours prête à comprendre le message, après tout, son mot d'ordre « Nous deux, contre le monde », exigeait une vigilance de chaque instant. Dans la cour d'école, elle pouvait me surprendre par-derrière, dans le rang pour entrer en classe. Les tapotements commençaient sur mon épaule ; si je ratais le début, la première lettre puis la deuxième m'échappaient dans l'affolement, j'en étais quitte pour deviner avec le scrabble qui suivait. Le jour où elle a télégraphié c-h-o-c-o-l-a-t, j'ai failli me retourner en riant et mériter une réprimande par l'institutrice. Me faire baver à sa place, c'était son truc, Miss Parfaite. À l'heure du casse-croûte, j'ai trouvé mon prix dans la glissière supérieure du petit sac glacière de la couleur qui m'est associée. Elle avait volé aux parents un emballage du bâtonnet After Eight, cette tige chocolatée à la pâte de menthe verte. La menthe, cette saveur que je déteste. J'ai tiré la langue de loin, certaine qu'elle m'observait. J'ai levé les yeux, elle jubilait, ça m'a fait rire aussi. On ne mangeait pas à la même table à la cafétéria, le principe de nous séparer était la règle pour que les adultes sauvent la face en nous interpellant sans se tromper. Elle prétendait que c'était bien fait, on élargirait ainsi notre cercle d'amis. Mais c'était encore un laboratoire pour elle. Sur le chemin du retour à la maison, elle me bombardait de tests. Elle était flanquée de qui, à sa droite ? Qu'est-ce que son voisin de gauche avait renversé sur la table ? Quelle était sa répartie inspirée ? Je m'en tirais bien, elle savait me féliciter et je me sentais unique. Qui peut réussir ça, entre enfants ?

Je méritais le respect de mon aînée de deux minutes.

Deux minutes, c'est l'espace-temps du destin. Il y a trois mois, le feu de circulation à l'intersection aurait viré au jaune, Élie ne se serait jamais engagée à traverser la rue. Le temps de passage en fou du tacot sans conducteur lucide à bord. Le sac à bière au volant d'une ferraille qui deviendrait le cimetière de ma sœur n'a rien ressenti, le sac gonflable est magnanime. Il protège les cons comme les malchanceux.

JE ME RÉFUGIE hors de la vue des parents, comme si c'était obscène de fonctionner au quotidien, pendant qu'Élie s'embourbe dans un cauchemar. Puis j'entends ma mère devenir volcan : elle se met à hurler. J'imagine que mon père l'a exaspérée avec une nouvelle piste de vengeance par avocats interposés. Elle a le droit de râler, même si ça veut dire que c'est moi qui écope la lave de notre enfer.

Depuis l'étage où se trouve ma chambre, je dévale l'escalier et je la trouve, flaque parentale, affalée au plancher de la cuisine. Son cellulaire git par terre au bout de son bras. Sa main flasque n'a pu maintenir son emprise sur ce messager de malheur.

Je ramasse le téléphone, le cœur battant, bien décidée à décoder la source de cette stupeur. Il y a une convocation : les spécialistes tiendront un conseil de famille pour décider de débrancher ma sœur. Son activité cérébrale a chuté.

Suis-je un membre de la famille visé par cette sommation, je n'ai pas encore quatorze ans pour exercer mon droit légal d'opinion et mes parents ne me voient même plus. Je tremble d'en douter ; la rage anticipée et l'impuissance bousculent une émotion de douleur que je n'avais pas identifiée encore : la pointe de haine à l'égard de mes parents qui ne mesurent pas ce que je subis.

Je remonte à l'étage, je me déchausse. Je plie et déplie mes orteils, je réchauffe mes pieds. Je masse longuement la plante de chaque pied, mes larmes abondent.

Je dois tenter ma chance, si mes protecteurs continuent d'agir en autruches.

ALORS QUE J'ÉTAIS encore son cobaye, Élie a examiné les visuels de réflexologie et m'a obligée à m'allonger et à la laisser triturer la plante de mes pieds. Je devais lui dire ce que je ressentais, selon quelle partie de mon corps, ou quelle sensation surgissait, sans censure. Puis, c'était l'alternance, elle jouait à la devinette, car je manipulais les zones dans un rare désordre, pour la mettre à l'épreuve. On se faisait du bien, c'est drôlement agréable comme expérience, une fois qu'on exerce les pressions sans les détourner en chatouillements. Parmi les mots précis qui nous faisaient glousser, la glande pinéale demeure au sommet. Le rebord externe de la pulpe de chaque orteil, les surfaces qui se collent si on serre côte à côte nos pieds nus, stimulent cette glande qui agit sur le sommeil. Son nom « épiphyse » renvoie à la sécrétion de mélatonine pour l'endormissement et de sérotonine pour le réveil. Bien sûr, ces hormones réduisent le stress : on riait en disant que le jour où l'une de nous aurait un amoureux, il faudrait le leur enseigner. Ça nous consolerait d'être séparées, pour jouir de notre vie autonome.

EN DÉFICIT de confiance ou de temps pour lui rédiger les instructions, j'ai enregistré sur le cellulaire de ma mère les consignes que je lui dictais. Avec autorité, je lui imposais de les suivre à la lettre, lors de sa dernière visite à Élie, quand le jugement final de retirer un à un les modes d'assistance tomberait, scellant ainsi la condamnation de notre famille. L'infime possibilité qu'Élie nous guide pour la suite consistait à l'interpeller.

Ma mère, éplorée et quêteuse d'un miracle, hochait la tête, les joues inondées.

Qui me redonnera la part des Anges qu'il manque à ma bouteille ? Je ne pouvais faillir à cette intuition, ce jeu ultime avec Élie.

COMMENT RESSUSCITER à la suite d'un conseil de famille, sans moi et sans le consentement d'Élie, qui déciderait de notre mort collective ? Café après café, le cœur percolateur, j'attendais que résonne le glas ou la cloche Marie, le matin de Pâques. Ma vie voulait fourmiller d'étincelles, ma route manquait d'Espérance.

Le carillon du cellulaire m'a délivrée de l'attente, seule à mourir d'anxiété, sans personne pour prier avec moi. Mon père m'avait abandonnée, cherchant à se faire justice à sa manière : dans l'action réparatrice. Ma mère m'avait embrassée puis laissée à l'agonie, trop excitée d'avoir un Plan B.

Je colle l'appareil à mon oreille, celle-ci a besoin d'air vital pour capter les rauquements du souffle court et la voix enrouée.

— Élaine, comment as-tu su ?

Je suis tremblement de terre, j'attends la suite.

— Je lui ai massé la plante des pieds comme tu m'as dit de le faire. Je récitais tout ce qu'elle a vécu de beau, tout ce qu'elle était pour nous, combien elle était essentielle pour toi. Puis je me suis souvenue de ta dernière consigne.

Je ne respire plus. J'attends qu'elle le dise…

— J'ai attrapé avec mes deux mains les deux gros orteils en étau, chaque index à leur base en plaçant chaque pouce pour exercer une pression sur leur rebord externe. J'ai massé cette zone un petit moment, puis j'ai secoué les deux orteils tout comme tu m'as prescrit de le faire. J'ai dit, pour lui faire tes adieux : « Élaine te demande de répondre : nous deux, contre le monde. »

Je sanglote, j'espère, j'anticipe les paroles salvatrices de la génitrice. Le ventre noué, ma moitié ombilicale est encore de ce monde, je le sens.

— Élaine ! Elle a ouvert les yeux, elle a craché le respirateur et tout le monde s'est énervé autour des machines. Elle a respiré, elle est entrée en convulsions. Comment savais-tu ? COMMENT ?

— Elle est stabilisée, dis, maman ?

En arrière-plan, j'entends l'excitation, les bip-bip sonores, les cent pas en chaussons stériles, les félicitations mutuelles. Tous ces Judas qui avaient perdu la foi.

— Maman, est-ce que tu dessinais un cœur dans la paume gauche de ma sœur, avant de la quitter, à chaque visite ?

— Oui, oui, on me répétait qu'elle continuait d'entendre les voix, mais par excès de prudence, je lui faisais au creux de la main ce signe de mon espoir de mère, je lui souhaitais l'amour de vivre… Pourquoi ?

— Parce qu'elle me le faisait ressentir. La chaleur dans ma paume, à chaque fois, j'ai compris. Je savais qu'elle ne partait pas. Elle m'attendait, maman, elle m'attendait !

Parfois, les pleurs sont le prélude du pardon, le chemin des Anges protecteurs.

Mon cœur s'excite, les ténèbres libèrent ma sœur.

3 /
protégez-nous du mal

PARTIE I – À cœur battant, on peut rêver !

Lou Benedict

« *Si tu savais, je suis moins naïf qu'hier*

Et pourtant je t'aime aujourd'hui

Comme si t'étais la première

C'est beau, c'est con ouais, c'est la vie »

PATRICK BRUEL, ENCORE UNE FOIS, 2022

La mélodie personnalisée de Marisa résonne dans sa tête. Encore une fois, il est temps de suivre la musique vers une nouvelle phase de sa vie. Mais le doute persiste et les pensées de Marisa tourbillonnent et remontent à la surface comme des bulles sur le point d'éclater. *Être dépossédée de ma propre expérience, est-ce vraiment vivre ? Peut-on se contenter d'exister sans savoir d'où l'on vient ?*

Pour se donner du courage, elle se dit que le prochain jumelage sera le bon pour connaître le bonheur et les joies de l'enfantement. Elle a entamé la trentaine. Elle ramasse ses affaires pour retourner au laboratoire de RESET, un acronyme pour « Renaissance exempte de stress, d'épreuves et de traumatismes ».

Elle quitte son logement le poing serré sur la poignée de son sac, un simple bagage à main réunissant ses produits d'hygiène personnelle, un livre à moitié lu, quelques bijoux et autres babioles. Encore un voyage léger. Elle se sent détachée, comme un réfrigérateur vide, mais toujours en marche. Ses pieds savent où aller. En moins de deux, elle traverse le portail qui lui donne accès directement aux installations de RESET. Comme hier, comme toujours.

Le ciel d'un blanc opaque s'effrite à l'horizon, telle la dentelle d'un œuf au plat. Elle contemple avec une certaine indifférence cette couverture nuageuse artificielle installée pour réguler l'exposition aux rayons solaires nocifs. Les habitants de cette ville modèle méritent de vivre en santé. Autrefois, le cancer de la peau, fruit d'une négligence comportementale généralisée, s'offrait sans pudeur de nombreuses joutes sur le plus grand organe du corps, causant la mort ou provoquant souffrances et séquelles chez les survivants. Grâce à cette initiative, ce mal est désormais éradiqué. Du moins, pour ceux qui résident dans l'enceinte RESET.

En marchant, Marisa plisse les yeux. Un frisson léger l'avertit qu'elle approche de sa destination. La barrière holographique qui sert à soustraire du site enchanteur le hideux bâtiment administratif de RESET s'estompe. L'immeuble, qui se fondait avec le ciel cotonneux, apparaît. Elle se retrouve devant une porte arborant côte à côte l'icône d'une femme et celle d'une femme poussant un landau. C'est un bon présage pour une future gestation.

Le débrouillage lui procure une clarté cognitive renforcée. Elle espère un bref moment de lucidité avant d'absorber le prochain programme prévu pour elle et, en conséquence, de tout oublier du partenaire de la phase qui termine. Si tout se passe comme prévu, RESET lui attribuera un métier, un mâle, un domicile, peut-être même une voiture. Un délai sera aussi fourni pour cette prochaine période d'accouplement. *Ma fille, concentre-toi, et surtout, souviens-toi de tes doutes et de tes interrogations. Cette fois-ci, c'est peut-être ta dernière chance…*

Elle s'installe une minute sur un banc à l'extérieur. Elle lisse sa jupe sur ses genoux, puis glisse ses mains le long de ses joues, vérifiant qu'elle est bien en train de sourire, tout comme il faut. Ses doigts remontent ensuite vers ses tempes pour caler des mèches blondes derrière ses oreilles. Sur le côté droit de son visage, à la naissance du pavillon, elle sent un pli de chair soudée et une ridule qui suit la courbe supérieure de la pommette. Son index glisse jusqu'au coin de la paupière et y détecte une constellation cutanée formée de stries de tailles variées. Une vibration familière lui signale que ce détail disparaîtra bientôt de sa conscience. *Ai-je été opérée ? Si c'est le cas, l'opération semble avoir été bâclée.*

La mélodie familière retentit à nouveau dans sa tête, floutant ses réflexions tout en faisant naître d'autres préoccupations. Sa chanson personnalisée, celle qui ponctue chaque phase de sa vie, a fait son apparition l'année de sa naissance, en 2022. *Qui a choisi ce refrain populaire qui scande à répétition la strophe « Encore une fois » ?* Elle en a acquis la certitude grâce à une ruse mise en place à l'âge de 17 ans. Profitant de ces brefs instants de lucidité qui surviennent entre deux appariements, elle a commencé à noter les paroles. D'abord celles du refrain, pour y ajouter au fil des cycles celles des couplets. Elle conserve ses notes sur des fragments de papier qu'elle cache dans sa trousse de soins personnels, s'assurant ainsi de toujours les avoir avec elle.

Elle ne veut pas douter de son profil RESET et de ce qu'on prépare pour elle, mais trop de choses lui échappent. Dans un monde conçu pour protéger ses habitants, veille-t-on vraiment à ce que tout se déroule dans son intérêt ? *Suis-je la seule à dériver ainsi à la recherche d'un match parfait en vue de composer la meilleure cellule de compatibilité à laquelle notre pedigree nous convie ? Comment tout cela fonctionne-t-il ?* Elle se désole de n'avoir aucun parent à qui poser ses questions. *Il faudra que je me rappelle d'interroger mon prochain partenaire là-dessus : peut-être a-t-il des contacts avec sa famille, sa fratrie ?*

Une impulsion quasi mécanique, semblable au tic-tac d'un réveil, la pousse sur ses jambes et l'entraîne dans l'enceinte de RESET. Elle y trouve une femme souriante, installée dans la salle d'attente, veillant sur un poupon endormi dans un porte-bébé. À côté d'elle, un landau pliable équipé d'une coquille pour les longues promenades est posé contre un mur.

Marisa s'assoit à son tour et continue d'observer la femme qui caresse le dos de son enfant tout en lui chuchotant des mots doux à l'oreille. De son côté, elle tâte son ventre faisant naître en elle un sentiment d'urgence ; il est encore plat, mais elle sait qu'un serpent s'y love, léthargique. Alors qu'elle réalise que le temps fuit, une autre pensée

accapare son esprit. Elle inspire et formule mentalement sa nouvelle obsession. *Est-ce que devenir
maman est vraiment mon rêve de vie ou cette pression de
conformité vient-elle de ma mère, Marguerite ?*

À L'INTÉRIEUR de sa tête, une lueur éclaire son
lobe frontal, juste au-dessus de son œil gauche. Cet
écran interne fait clignoter le message « Calme ».
Son écran interne lui dicte de relaxer.

Elle amplifie son sourire, tout comme il faut,
avant de voir arriver son nouveau partenaire. La
première impression n'est pas tout; le prochain
jumelage, comme le précédent et le suivant, dépend
de la compatibilité des individus inscrits à RESET.
Mais elle ne veut pas que son équilibre biochimique
soit bousculé si la nervosité s'emballe ou si la
méfiance se manifeste.

Elle a l'impression de pouvoir garder une
certaine maîtrise sur son identité en contrôlant elle-
même ses émotions. RESET réajuste les hormones
et stimule d'autres neurotransmetteurs lorsqu'une
vague d'anxiété surgit ou qu'un réflexe incontrôlé
perturbe l'objectif associé à l'appariement risquant
d'entraver la sécurité mutuelle des individus pour
la phase à venir.

Une porte s'ouvre et laisse entrer un jeune homme roux, énergique, presque bondissant. L'air décontracté, le coin gauche de sa bouche est relevé, sculptant dans sa joue une fossette des plus charmantes. Elle se rappelle furtivement que son précédent compagnon se prénommait Alain et qu'il était un excellent conteur. Ça lui plaisait beaucoup. *Alain avait le don de faire surgir mes émotions grâce à ses allégories. Dommage que tout cela m'échappe, maintenant. Adieu, Alain. Mon nouvel homme aura-t-il ce talent ?*

À sa vue, l'écran interne de Marisa projette en surimpression le profil de l'homme. Quelqu'un de son âge, selon l'année de naissance indiquée à sa fiche signalétique. Elle note ensuite que l'identifiant « Adamo » servira au présent jumelage. *Et moi, sous quel prénom vivrais-je ma relation avec Adamo ?* Elle doit patienter, c'est lui qui lui transmettra cette information. Elle parcourt son dossier de haut en bas, puis remonte. Son regard s'est accroché sur la mention « parents non-inscrits ». *Qu'est-ce que cela signifie, au juste ?*

— Bonjour, Eva.

Eva ? Va pour Eva.

— Ravie de faire ta connaissance, Adamo.

Le rouquin sourit en entendant son nouvel identifiant. Eva se lève pour lui faire la bise et briser la glace. Adamo sent bon la vanille.

— Est-ce que c'est toi qui as les clés de la voiture et de la maison ?

Elle regarde tout autour d'elle, la dame et le bébé ont disparu. Leur bulle est étanche. C'est l'effet d'isolement typique de la première rencontre. Plus rien n'existe pour distraire les protagonistes de l'étape de la connexion. Comme si l'implant dans leur cerveau créait un effet de tunnel, limitant leur champ visuel. Eva se retourne pour constater qu'au dossier de sa chaise pend un sac à bandoulière. Elle n'avait pas remarqué sa présence en arrivant. Comment est-ce arrivé là ? Une autre chose qui lui échappe. Elle ouvre le rabat du sac et en tire un document qu'elle scrute à la recherche d'informa-tions utiles sur leur appariement actuel. Seule une destination y est inscrite. *Suis-je appelée à forger un destin commun avec lui, ou pas ?*

Eva soupire et lève les yeux. Elle enfouit sa main dans le sac et en ressort un trousseau de clés qu'elle agite sous le nez de son partenaire. Il avance la main pour attraper les clés, mais Eva les retient quelques secondes.

— J'ai seulement la destination du foyer. Selon notre protocole, c'est donc toi qui nous rensei-gneras sur le délai et le défi.

— À la bonne heure ! Pour l'instant, allons chez nous.

D'un pas docile, elle quitte le bâtiment à ses côtés, elle et lui formant un couple assorti et asservi. Leur foulée s'accorde alors qu'ils se dirigent vers le stationnement. Adamo glisse son bras autour de sa taille en quémandant les clés. Elle lui remet le trousseau qu'il saisit en entourant sa main dans sa paume. Cette délicatesse déclenche en elle une vague d'excitation qui lui parcourt l'échine. Ses pulsations cardiaques communiquent un frisson jusqu'à son bas-ventre. Elle presse le bras d'Adamo contre son côté, déclenchant par le fait même une montée d'endorphines qui inondent leurs corps respectifs.

Il active le système de repérage du véhicule qui signale sa présence par le clignotement des phares. Chacun ouvre sa portière, impatient d'être à l'abri des regards, excepté celui de RESET, qui épie tout à partir de ce truc implanté dans leur cerveau. Tandis qu'Adamo met le système de pilotage en route, elle pose sa main sur la cuisse droite de son nouveau partenaire et y exerce une pression réconfortante. Puis elle essaie de se souvenir des prénoms qu'ils avaient, il y a quelques instants. Tout est flou. Et sa mère ? Elle sonde ses filières internes, mais elle ne trouve rien. Tout ce qu'elle sait, grâce à son truc secret, c'est qu'elle s'appelle Marguerite. Eva communique pourtant avec Marguerite depuis longtemps. Cela peut signifier « Pas de souvenirs heureux ». Étaient-ce des souvenirs chargés de peine, « un peu, beaucoup, énormément ? » C'est embêtant de ne pas savoir.

PENDANT LE TRAJET, Adamo sifflote en lançant des regards furtifs à la belle blonde que le programme lui a assigné. Cette dernière affiche un air mélancolique. Cette expression n'est pas qu'un simple voile de son humeur ; certains de ses muscles faciaux semblent atrophiés. Son côté droit affiche des petits cordons de chair scarifiée comme si elle avait été victime d'un accident. Cependant, ce petit défaut n'altère en rien la beauté d'Eva. Cela lui procure même un air mystérieux. Il lui faut oublier son désir de perfection. Il dispose d'une nouvelle chance, c'est tout ce qui compte. Tout est possible pour eux. Leur bilan de santé est bon. Rien ne presse. Et rien ne sera décevant : c'est la garantie RESET.

Il met sa main sur celle d'Eva et se connecte à sa fiche de profil. Une façon comme une autre d'apprendre à la connaître. Il se surprend de constater à quel point l'information à son sujet est succincte. Aucune trace de sa provenance, aucun repère sur sa filiation. Ce profil n'est ni un article Wikipédia ni un résultat d'Ancestry. Le système GPS du véhicule indique qu'ils approchent de leur destination. À la façon dont elle frotte ses mains l'une contre l'autre, il constate que l'endroit provoque chez elle une certaine excitation. Peut-être reconnaît-elle cet endroit ?

Après avoir garé l'auto dans l'allée, il ouvre le coffre pour récupérer leurs bagages. Un petit sac de voyage pour chacun, leurs effets personnels étant réduits au minimum. Tout est prévu pour eux dans l'unité d'habitation qui leur est attribuée. Ils y retrouveront des vêtements et des chaussures à leur taille. Tout ce qu'il faut pour un séjour sans tracas.

Avant qu'Adamo ne mette la main dessus, Eva se précipite pour saisir son sac. Elle le presse contre son ventre, fermant les yeux. Puis elle expire profondément comme si elle venait d'éviter une catastrophe. Elle passe la sangle autour de son cou et attend qu'Adamo fasse de même avec le sien.

Adamo replace une mèche de cheveux qui barre le front d'Eva. Son visage lui apparaît maintenant intact. Il se demande bien ce qu'il a pu y remarquer d'étrange un instant plus tôt. Quelque chose a changé, mais il n'arrive pas à mettre le doigt dessus. Il hausse les épaules et commente en souriant :

— Tu ne m'as pas laissé la chance d'être galant en transportant ton sac…

Eva porte déjà son regard sur leur nouvelle résidence.

— Je connais cette unité comme ma poche, tu sais. J'y ai déjà été femme de ménage.

— J'imagine que de bons souvenirs y sont associés, dans ce cas.

— Eh oui, tu sais comment ça fonctionne.

Adamo enveloppe Eva de ses bras et note la tension dans son corps alors qu'elle agrippe d'une main ferme la sangle de son bagage. En attendant qu'elle se calme un peu, il enfouit son nez dans ses cheveux pour en humer l'odeur du shampoing frais du matin. Il y perçoit des notes vives et pétillantes d'agrumes et d'herbes fraîchement coupées. Cela crée une sensation de légèreté et de vitalité, donnant l'impression que les cheveux, comme la personne, sont en parfaite santé.

— Allons-y, relance-t-il. On va se raconter tout ça en détail, une fois que j'aurai déposé un bon repas sur la table.

Eva glisse sa main libre dans celle de son partenaire. La chaleur corporelle se ravive. Elle lui fait un clin d'œil.

— T'as faim tout de suite, toi ?

Adamo sourit.

— On peut se doucher et décider ensuite ce qu'on veut manger ?

Pendant un jumelage, il n'y a ni bouderie ni chantage. Et avec le soutien des composantes biochimiques de chaque organisme, la communion des corps est à l'ordre du jour. Toutefois, la procréation est une affaire gérée par RESET.

ILS PRENNENT une douche longue et sensuelle. Eva avait promis qu'il aimerait le modèle à l'italienne, qui permet d'accueillir deux corps en mouvement. Les mousses, les sels, puis le nettoyant ainsi que la raclette sont prévus. À la fin, Eva essuie les gouttelettes d'eau sur les surfaces vitrées en quelques tours de main. Les peignoirs éponges sont à leur taille. Eva sait aussi qu'il y a un carré de chocolat emballé dans chaque poche. Ça l'amuse de déballer son morceau et de le glisser, telle une magicienne, dans la bouche d'Adamo. Il fouille sa poche et lui rend la pareille. Un baiser au goût de chocolat fondant, c'est bonbon.

Puis le regard d'Eva s'embue. Elle se racle la gorge et se sert un verre d'eau, espérant que la gorgée diluera sa peine et l'expurgera jusqu'à son ventre.

— Existe-t-il un secret pour que tes yeux redeviennent rieurs, ma belle Eva ?

— Je viens de réaliser que nous sommes dans une aire pour un couple sans enfants.

— À moins d'avis contraire, c'est ce que nous sommes ; y a-t-il quelque chose que tu ne me dis pas ?

— Oublie ça, je ne veux pas t'embêter avec mes attentes, dit Eva en forçant un air coquin. Allons plutôt vérifier que le lit a été préparé comme il se doit.

— D'accord, laissons parler les corps dans ce cas. Je saurai bien torturer tes espoirs plus tard.

Eva plie le couvre-lit comme une mère prépare son enfant pour le sommeil. Ou comme une femme de chambre qui rabat les couvertures, pour vérifier qu'il n'y a pas de surprises entre les draps, laissées par les occupants précédents. Elle sait que les bracelets de monitorage du sommeil sont placés sous l'oreiller, dans leur emballage scellé. Elle retire le sien et le dépose dans le petit tiroir de la table de chevet, comme s'il lui brûlait les doigts. Eva regarde Adamo qui l'observe, elle cligne des yeux, consciente de son comportement compulsif. Celui-ci imite sa compagne et déplace son bracelet pour le mettre en sécurité.

Adamo retire son peignoir et s'étend sur le lit.

Dans un élan, Eva bondit pour le rejoindre en laissant son peignoir s'ouvrir et dévoiler sa nudité. Elle émet un petit rire de gorge en voyant l'air alangui d'Adamo.

Les joues rosies, le rythme cardiaque accéléré, les partenaires arriment leurs mains pour aller tanguer, larguer les amarres pour un temps défini, quoique l'échéance leur soit encore inconnue.

Les yeux d'Adamo scrutent le visage de sa partenaire avec une intense curiosité. Le regard d'Eva, profond et insaisissable, demeure un océan de mystère. Sa peau est douce et ses courbes rappellent les dunes ondulantes du désert sous la lueur de la lune.

Leurs corps se frôlent, créant une décharge électrique qui fait vibrer l'air autour d'eux. Ils sont deux astres, gravitant l'un autour de l'autre dans une danse cosmique.

Alors que la passion monte, ils se perdent dans un maelström de sensations.

Après leurs ébats, la loi de la gravité reprend ses droits. Eva se laisse choir sur le côté.

— Peut-être pourrais-tu me raconter une histoire, rigole Adamo.

— Je ne suis pas Shéhérazade, mon bel adonis.

— J'aimerais en apprendre plus sur toi. Ton profil ne contient pas beaucoup de détails.

— Tu devrais t'en plaindre à RESET.

— N'empêche que j'apprécierais un peu de transparence.

— La transparence… une règle parmi d'autres. On n'est pas programmés pour embellir notre passé ni dorer la pilule du présent.

— On a tous la faculté d'oublier, d'une phase à l'autre…

Eva se referme en remontant le drap jusqu'à son menton. Adamo se rapproche d'elle.

Eva le dévisage et son attitude corporelle change. Elle relance la conversation comme s'ils ne venaient pas de vivre un moment de tension. C'est la magie RESET qui opère.

— Tes cheveux sont vraiment intenses, tes sourcils sont foncés et tes cils sont longs. Tu es flamboyant. As-tu souffert d'être roux quand tu étais gamin ?

— Quoi ? s'esclaffe-t-il. C'est plutôt toi et tous les autres qui ont souffert d'être tous pareils, mornes ! Quelle banalité, être blond, auburn ou noir ! Bande de jaloux !

Il a livré sa répartie avec aplomb comme s'il était sur scène devant un public conquis. Eva rit de bon cœur et caresse les boucles de feu de son compagnon. Sa main frôle sa nuque, descend sur son épaule et s'aventure sous le drap pour explorer la courbe de ses hanches, jusqu'à mesurer l'étendue d'autre chose. Adamo saisit la balle au bond et relance sa partenaire.

— En hommage à tous les roux, je vais te montrer ce que signifie « être flamboyant ».

Il rétracte son torse, rampe sous le drap et dépose sa tête sur le bas ventre d'Eva, mais celle-ci le repousse sans ménagement. Il émerge aussitôt l'air désolé d'avoir causé un impair.

— Mes cheveux sont mouillés… c'est si désagréable que ça ?

— Non, ce n'est pas toi. Simplement, n'y a rien à entendre en provenance de mon ventre, sauf des gargouillis. J'ai faim. Voilà tout.

Eva lui tourne le dos et s'extirpe du lit. Elle se lève pour aller examiner le contenu de son placard, à la recherche d'une tenue décente.

***

ADAMO RAMASSE au hasard un pantalon cargo, un polo et un caleçon avant de se rendre à la salle de bain pour se doucher à l'eau froide. Il sent que les festivités avec Eva sont terminées, pour l'instant du moins. Il se rince et retrouve sa bonne humeur en sifflotant.

Il retourne voir Eva dans leur chambre.

Tel un chat, il revient pieds nus, sans faire de bruit. Puis une odeur de transpiration lui pique les narines. *Cette femme dégage tant de stress !* Il ralentit le pas, se cambre dans l'embrasure de la porte et lui jette un coup d'œil. *Pourquoi RESET ne calibre pas son humeur ?*

Elle est habillée, assise en tailleur par terre, tremblante. Elle replie des petits bouts de papier et les fourre dans sa trousse de maquillage. Puis elle masse son ventre ; sa main remonte jusqu'à sa poitrine et longe sa gorge. Elle force de grandes déglutitions.

Adamo craint une attaque cardiaque ou quelque chose du genre.

Il se précipite et la soulève par les aisselles ; elle est chiffon.

— Eva, respire, bon sang, lève les bras à l'horizontale, je te tiens !

Elle hoquette et aspire de grandes goulées d'air, tout en continuant à masser son ventre. Adamo la tourne contre lui, repositionnant les bras de sa poupée pour les encercler autour de sa taille. Il souffle légèrement dans son cou, lui murmure des mots réconfortants en lui caressant le dos. Il sait bien qu'elle retrouvera son calme, avec l'injonction de RESET et la régulation interne qui suivra. *Qui est-elle ? Pourquoi est-elle si différente ?*

Puis, comme si de rien n'était, elle reprend de la consistance. Elle se dégage de son étreinte et se relève avec vigueur.

— Bon, je suppose que tu dois avoir faim, soupire-t-elle. Il y a des pâtes et des sachets de sauce dans la dépense. C'est très pratique pour un premier repas.

— Rien ne presse, voyons. Viens t'asseoir au salon. Je peux m'occuper du souper. Je suis capable de faire bouillir de l'eau et de surveiller des pâtes. Tu verras que je suis un *cook* hors pair.

Sa répartie réussit à la faire glousser. Adamo est soulagé qu'elle retrouve son niveau d'énergie d'avant. Elle le dévisage, ses pupilles sont aqueuses comme deux petits lacs sous la lune.

— As-tu reçu le message indiquant le temps qui nous est accordé ? demande-t-elle.

Adamo secoue la tête en signe de négation et la guide jusqu'à une bergère installée dans l'espace ouvert où se côtoient salon, salle à manger et cuisine, où se regroupent les électroménagers.

Eva, à nouveau plongée dans un état dissociatif, ne réagit plus. Adamo se détourne d'elle et commence à compter. Elle devra reprendre ses esprits en 30 secondes, sinon… il faudra aviser RESET. Il espère ne jamais être celui qui activera la consigne de « non-retour à la normale ». Son attachement pour Eva se renforce. Heureusement, elle revient à elle et s'installe dans le fauteuil.

— Veux-tu que j'aille chercher ton livre, pour relaxer ?

— T'es chou. Je crois que je l'ai laissé sur ma table de chevet.

Adamo actionne la bouilloire et se dirige vers la chambre. Du coin de l'œil, il aperçoit Eva se lever et ouvrir exactement le bon placard pour en sortir les pâtes et les sachets de sauce. *Elle s'active, c'est bon signe.*

Il entre dans la chambre et repère aussitôt le roman qu'il est venu chercher. Son attention est ensuite attirée par la trousse de maquillage ouverte sur la table de chevet d'Eva ; à l'intérieur, il trouve plusieurs bouts de papier. Il déplie celui qui est le plus froissé, sans doute celui qui a provoqué sa crise de tout à l'heure.

> *« Des couples poussent des landaus*
> *Rien ne presse, je caresse ton dos*
> *On verra bien où le vent nous mène »*

Un poème ? Non, ça doit être sa chanson personnalisée ! Qu'y a-t-il de si perturbant dans cette phrase " Des couples poussent des landaus " ? Il s'assoit au bord du lit, relit et répète à voix basse les quelques lignes pour les mémoriser. *Pourquoi a-t-elle voulu noter ça et le traîner avec elle ? Je connais ma chanson personnalisée par cœur, depuis le temps que je l'entends résonner, d'un cycle à un autre.*

Comment peut-il examiner tout ça avec sérénité ? Pour le moment, il doit reprendre sa dégaine normale. Il ramasse ensuite le roman, bourré de marque-pages, et s'apprête à le lui apporter lorsque son écran interne s'illumine au-dessus de son œil droit. Il découvre ainsi la durée de leur relation et le défi qui y est associé.

Il tressaille. Il respire, expire, inspire…

ATTABLÉE devant son assiette presque vide, Eva tend sa main vers le centre de la table. Tout se passe comme il faut. Adamo y love la sienne. Elle attend que sa nervosité s'apaise et réussit à avaler les serpentins rougeâtres dans son assiette, les enroulant à sa fourchette pour les déguster une bouchée à la fois. Ces pâtes ne font que raviver à son esprit l'image du serpent de malheur qui ondule en elle et qui remonte jusqu'à son œsophage pour l'étouffer.

Voyant qu'Eva affiche une mimique de dégoût, Adamo sourit et secoue sa main pour la tirer de ses rêveries insolites.

— Est-ce que mes lèvres et mes dents sont correctes ? Mis à part les cheveux roux, je ne voudrais pas te perturber avec un sourire écarlate…

Eva se raidit, évitant la grimace. Elle secoue la tête pour dire « non ».

Il rit, mais ne réussit pas à détendre complètement l'atmosphère. Le poing serré sur sa serviette de papier, la belle Eva attend la suite.

— Pour l'instant, tout ce que j'ai reçu comme message c'est que tu seras bibliothécaire, tandis que je ferai l'entretien extérieur.

Les pupilles d'Eva se dilatent. Elle espère quelque chose de plus précis.

— Je peux même faire le déneigement, j'ai mon permis pour ça.

Enfin, elle se détend un peu. Elle aspire à plus de temps… des mois. Assez pour mener à terme une grossesse, si la chance leur sourit. Ensuite, il faudra envisager un autre appariement et un logement doté d'une chambre supplémentaire. Mais il ne faut pas brusquer les choses et y aller par étape. Encore une fois.

— Au fait, tu dois le savoir, j'ai déjà été concierge d'une école primaire. En plus de l'entretien – mon Dieu que c'est grand une école ! –, je remplissais des boîtes d'objets égarés et j'inventais des histoires au sujet des tuques, des mitaines, des chaussures et des bas perdus… Toi, quel emploi as-tu préféré, à ce jour ?

— Disons que je n'ai jamais eu la chance d'occuper une fonction en relation avec les enfants. J'y vois un mauvais présage. On dirait que RESET ne m'a jamais préparée aux défis liés à l'éducation d'un enfant.

— La bibliothèque, c'est bien. Des kids, tu vas en rencontrer tout plein là-bas. C'est un début, non ? Et puis, tu es si pressée de fonder une famille ?

— À ce que je sache, tu t'es inscrit pour devenir père, un jour.

— Ça ne sert à rien de s'inquiéter, vu qu'on n'a pas le contrôle. Il faut profiter de la vie pour ce qu'elle nous apporte. Là, je suis avec toi, et ça me suffit. Tiens, j'ai une idée, ma belle. Puisque t'as hérité d'un grand chef à la maison, je m'y mets dès maintenant. Je te libère de tous les soupers. Et pas d'interrogatoire sur mes choix de menus ni sur le déroulement des repas. En plus, les samedis soir, ce sera un grand « Ta-dam ! » signé Adamo ! Toi, tu feras le ménage et les courses.

Eva se remet sur les rails, le sillon prévu par RESET.

— C'est une journée exigeante ; et si on écoutait un film avant d'aller dormir ?

Elle resserre encore sa prise sur la main d'Adamo, cherchant l'apaisement. Elle remplira sa part du contrat. Le simple contact avec sa peau lui permet de retrouver son équilibre ; elle échappe peut-être ainsi à une déferlante hormonale de RESET, ce phénomène qui occulte les souvenirs récents, les seuls qui lui restent pendant la période de leur jumelage.

4 /

protégez-nous du mal

PARTIE II – À cœur joie,
nous trouverons notre soleil,
notre boussole !

Lou Benedict

« J'ai fini d'avoir hâte à demain,

On dit qu'un homme heureux

C'est un homme qui a hâte à rien »

KAÏN, Y'A PU RIEN QUI PRESSE, 2023

LA SOIRÉE du vendredi est arrivée. Adamo a siffloté sa chanson personnalisée toute la journée. Il gare l'auto devant l'entrée des employés de la bibliothèque, là où Eva se pointera à la clôture de son service, dans un petit quart d'heure. Il récite mentalement le couplet du texte qu'il a lu dans la trousse d'Eva, une strophe qu'il croit tirée de la chanson personnalisée de sa compagne. Il a mémo-risé facilement le titre et le nom de l'auteur du roman qu'elle picore à répétition : « Le gouffre » de Marc-André Pilon. Demain, il orchestrera le premier souper « à la sauce Adamo ». Il prévoit d'aborder deux ou trois choses, dont ce roman énigmatique. Avec son plan d'action, il est impatient de faire entrer Eva dans la danse.

Malgré l'énergie dépensée pour s'adapter à la première semaine de cohabitation, il espère qu'Eva sera dans un état propice pour son projet du samedi. Ce matin, à la fin du petit déjeuner, il a sondé son état de repos. Eva l'a encore une fois surpris avec ses répliques déroutantes.

— Bien sûr que je suis reposée. Avec RESET, notre sommeil est optimal, c'est ce qui est prévu. La consigne est claire : pas de cerveau agité, ça contreviendrait aux jeux hormonaux liés à notre équilibre de vie. Ressentir la fatigue, la faim et la satiété, sans dérèglement. Et notre système immunitaire mérite que le taux de cytokines soit surveillé de près. En tout cas, je ne néglige plus le port du bracelet.

Adamo s'étouffe avec sa gorgée de café.

— Tu as déjà dormi sans porter ton bracelet ?

— J'ai tenté une petite expérience en supposant que je récupérerais peut-être un peu de la mémoire ancienne. J'espérais retrouver quelque chose d'une phase antérieure, disons, pour commencer. Je sais que ça fait partie des fonctions du cerveau endormi, sans intervention chimique ; reconnecter avec nos souvenirs, notre passé.

En disant cela, elle avait effleuré la main d'Adamo pour le préserver d'un taux d'excitation élevé. Malgré tout, ça ne l'a pas empêché de réagir avec vigueur à l'audace de son geste.

— T'as dû te faire prendre, c'est sûr !

— Après une semaine de délinquance, j'ai eu droit à une session de « mise au point » chez RESET. Ma chanson personnalisée s'est déclenchée et, en moins de deux, je me suis retrouvée à l'intérieur du laboratoire de la compagnie. La seule porte accessible portait l'inscription « Service et maintenance ». Je me suis sentie comme une mécanique défectueuse qu'on doit réparer. Je ne sais pas ce qui s'est passé, mais tous mes souvenirs retrouvés furent effacés, sauf cette séance de purge pour que je me rappelle de ne plus recommencer et de la liste des bénéfices liés au sommeil contrôlé. Bref, tout ce qu'on peut lire sur le dépliant du fabricant qui accompagne le bracelet. Depuis ce temps, je me réveille à tous les matins, docile. Tout comme il faut.

Enfin, la porte de bibliothèque pivote sur ses gonds, laissant apparaître un genou et une jupe qu'il reconnaît. La voilà à l'extérieur ; elle tourne la tête, l'air soucieux. Lorsqu'elle le repère, un sourire mécanique se plaque sur son visage. Depuis une semaine, ce même sourire furtif revient tel un tic nerveux chaque fois que leurs yeux se croisent. Enfin, c'est sans surprises puisque avec RESET, on n'évolue pas au royaume de la sincérité ou de la spontanéité. Le pacte a le mérite d'être clair pour toutes les parties.

La portière se déverrouille au moment où elle atteint l'auto.

— Salut ma belle ! Contente d'avoir bouclé cette première semaine au travail ?

— Pas très chargée ; j'ai eu pas mal de temps pour lire, sauf aujourd'hui…

Adamo confirme à l'écran leur destination et le pilote automatique se met en marche. Eva lui tapote le genou, ça lui fait un bien fou. Chaque toucher est magique. C'est tout de même un univers stupéfiant avec RESET.

— Et puis ? Raconte, allez !

— Tu es trop curieux.

— Parlant de curiosité, j'ai une consigne pour toi au sujet de notre fameux souper du samedi. Ce sera sans connaître le déroulement et sans poser de questions sur le menu.

Il lui fait un clin d'œil pendant qu'elle le fixe intensément, puis elle pointe du doigt la rue pour y rediriger son attention.

— D'ailleurs, je te signale qu'on ne se rend pas directement chez nous ce soir. On passe d'abord à la boutique de matériel d'artiste. Tu retrouveras l'enfant en toi en faisant un peu de peinture. Tu y ramasseras le matériel dont tu as besoin pour nous peindre une toile de maître : les pinceaux, les toiles, le tréteau et bien sûr, les couleurs de ton choix. Ça t'occupera pendant que je déglingue le coin cuisine en « popotant », sans supervision...

— Ah oui ? Bonne idée, je sais déjà ce que je vais dessiner.

Surpris par son élan à l'égard de sa suggestion, Adamo ressent une onde d'excitation picoter son cuir chevelu. *Ah ! les roux, quelle intuition !*

———

ALORS QUE L'AURORE s'étire sur le samedi, une douce promesse de tranquillité plane dans l'air. Adamo, excité dès l'éveil, se prépare un café et du pain grillé. Eva le rejoint sur la pointe des pieds et l'enlace par-derrière. Elle lui murmure à l'oreille d'ajouter deux tranches supplémentaires dans le grille-pain.

— Et je te prépare un latté, puisque je suis « Adamo à ton service » ?

Elle se dégage en lui donnant une petite tape sur la fesse en guise d'encouragement.

Elle s'éloigne vers la salle de bain. Sa voix résonne :

— Les rouquins sont vraiment futés. Tu dois bien deviner que j'aurai besoin d'une autre tasse tantôt, pour me préparer à affronter la toile et les pinceaux.

Une heure plus tard, Adamo a servi un second café à Eva et se réjouit de la voir s'installer derrière son chevalet portant une toile carrée de 60 centimètres de côté. Elle a dérobé une de ses chemises de pyjama, qu'elle a enfilée à l'envers comme une blouse d'artiste, les manches relevées jusqu'aux coudes. Il voit des tubes de jaune, de bleu, de blanc et de rouge. Il ne peut retenir une boutade :

— Ça s'annonce joyeux. Qu'est-ce que ce sera ?

— Ah, tu as le droit de questionner, toi ? s'esclaffe-t-elle. C'est agréable de fixer les règles pour autrui et de ne pas s'en imposer à soi-même !

— Si tu fais mon portrait, j'espère que tu as ce qu'il faut pour faire du roux. Je ne voudrais pas me voir avec des cheveux jaunes ; quel message déplaisant tu m'enverrais !

— Mon cher, tu n'as vraiment pas saisi mon projet. Tu n'es pas encore le centre de mon univers, espèce de belette. Je t'ai parlé de mon sujet, hier. Maintenant, allez, ouste ! Laisse-moi à mes pinceaux.

Adamo est presque pris de hoquet par la surprise en retournant vers la cuisine. Quel bon choix, le tournesol, ce symbole parfait de la lumière, de la liberté! Cela lui permettra une superbe entrée en matière pour la conversation lors du repas. Il prépare les ingrédients et les ustensiles en sifflotant.

La surprise du menu ne sera pas totale. Elle avait deviné hier soir quand il avait rempli le panier d'épicerie qu'il cuisinerait un pâté chinois. Il savait faire mieux, bien sûr, mais avait opté pour le plat réconfortant en ce premier souper du samedi. Elle avait subtilement marqué son avantage dans le jeu de la cachotterie en pointant son index dans ses côtes et en lui ordonnant :

— Fais-en un méga gros, on aura des portions à réchauffer pour un autre repas cette semaine.

Une fois les pommes de terre pelées et déposées dans l'eau bouillonnante, Adamo ôte ses chaussures pour marcher jusqu'à la chambre sans faire de bruit. Il veut commencer à étudier le roman et découvrir ce qui la fascine autant.

Eva, dos à lui dans l'angle du salon, s'absorbe à la tâche. Il a pu entrevoir le vert pimpant s'élever de la base de la toile en quelques traits audacieux.

Il met la main sur le roman d'Eva, posé sur sa table de chevet. Il le glisse sous son gilet, le coinçant sous sa ceinture. Il retourne à la cuisine, jette un œil à l'eau qui bout, baisse le feu et se réfugie aux toilettes pour se permettre une pause lecture discrète.

Il trépigne d'impatience de savoir de quoi il en retourne avec ce fameux livre, « Le gouffre ». Cela le taraude depuis une semaine, alors qu'il observe Eva le torturer pour revenir à un chapitre précis, puis parcourir des dizaines de pages pour sauter à un autre chapitre. Comme si y était tissé un laby-rinthe d'énigmes à résoudre ou un test de mémoire à réussir.

ADAMO FAIT FRIRE le bœuf haché et, pendant que ça grésille, se dirige vers la chambre pour replacer le livre à l'endroit exact où il l'avait ramassé. Il s'assure de la bonne disposition des notes et des signets autocollants qui débordent des pages. Il repense alors aux passages surlignés qui le troublent, notamment celui où un esclave révolté arrache son implant Okunet pour se réapproprier son libre arbitre. Est-ce que sa compagne se forge une légende, cherchant un enseignement caché dans cette fable dystopique ? Elle porte ce livre comme une extension d'elle-même, aussi obsédée qu'à l'égard de certaines strophes de sa chanson personnalisée. « Des couples poussent des landaus / Rien ne presse, je caresse ton dos ». *Et si elle s'imaginait privée de l'expérience de la maternité, condamnée à demeurer spectatrice de ces femmes privilégiées qui ont enfanté ?* Ces annotations alimentent la suspicion d'Adamo. Grâce à son emploi à la bibliothèque, au temps de lecture qu'elle y soutire, que prépare-t-elle ? Hier, Adamo a capté, en enserrant Eva langoureusement, que son profil comporte une alerte de la part de RESET, un avertissement. Eva aurait codé des trucs dans les pages de garde de certains bouquins. Quand Adamo lui en a parlé, elle a répondu ne pas savoir pourquoi elle a tracé ces lettres, en colonnes et en rangées de longueurs variables. Dit-elle vrai ou manigance-t-elle autre chose ?

En retournant à la cuisine, Adamo lorgne du côté de sa partenaire, toujours affairée au salon. Il s'apprête à détourner le regard, se sentant espion dans sa propre maison, lorsqu'il aperçoit la main droite d'Eva, armée d'un pinceau à large spectre, balayer de gauche à droite et de bas en haut, la toile qu'elle vient de peindre pour la recouvrir de peinture marron. Il y discerne quelques pointes jaunes, sans doute la tête d'un tournesol, dans le tiers supérieur du tableau. Face à la vigueur du geste de sa créatrice, la pauvre fleur se retrouve à son tour noyée sous cette marée merdique.

Dire que la veille, sur le chemin du retour avec le matériel d'artiste dans le sac du détaillant, Eva avait exprimé avec enthousiasme son désir de capter l'essence du tournesol sur une toile. Elle en louangeait l'ingéniosité, l'aptitude à se tourner vers le soleil pour se régénérer, pour produire des semences en abondance. Elle vantait sa résistance au vent, indomptable, sans céder sous le poids d'un cœur débordant de vie, chaque graine ensachée, un entrepôt pour la postérité de l'espèce. Parallèle-ment, elle s'interrogeait sur la signification de leur propre existence, avec RESET, quand on est privé de son identité parce qu'on oublie son passé, manœuvré dans un théâtre de marionnettes. De représentation en représentation. Sans connaître à l'avance leur rôle ni savoir quand le rideau va tomber. Des ventriloques, en plus… RESET était un arsenal qui altérait les pensées, falsifiait les émotions et tronquait les dialogues.

Adamo, revenu se poster à la cuisinière devant le bœuf haché qui suinte, se concentre sur sa tâche en choisissant d'ignorer la mélancolie qui a envahi le projet artistique de son amie. L'odeur de cuisson de la viande mêlée aux effluves d'oignons cuits et d'épices de son cru dégage un mélange olfactif des plus réconfortants. Il déverse le contenu de la poêle dans le plat de service, puis y répand dessus du maïs en grains et du maïs en crème, comme le faisait sa mère. Il saisit le pilon et pulvérise les quartiers de patate pour en obtenir une purée onctueuse. Lorsqu'il y ajoute un morceau de beurre, le jaune qui surgit lui serre la gorge en lui ramenant à l'esprit la vision des tournesols engloutis.

Il se verse un verre d'eau fraîche. Tout ira mieux quand il touchera la main d'Eva, lorsqu'il effleurera son épaule. Ils agissent l'un sur l'autre comme des thermostats vivants, régulant leur humeur respective. Il hésite à lui dévoiler sa stupeur face à ce qu'il considère être du sabotage. Elle va sûrement lui fournir une explication bidon. Quoi qu'il en soit, cela chamboule son plan. Après avoir parcouru le roman noir qu'elle lit avec une avidité déconcertante, une myriade de questions virevoltent dans sa tête. Cette femme est une énigme enveloppée dans une énigme.

Surtout, ne rien brusquer ! s'ordonne-t-il en étendant la purée de pommes de terre sur son assemblage. À coup de spatule, il camoufle le mélange de maïs qu'il vient d'étendre sur la couche de viande, sans débordement. Le jaune soleil ainsi éclipsé par des nappes de blanc lui rappelle les nuages qui ornent en permanence le ciel ouaté et bienveillant de RESET. Il ne peut s'empêcher également de faire l'analogie avec le geste d'Eva. Pourquoi le marron a-t-il submergé la toile de la belle Eva ?

EVA TRAVERSE le coin cuisine d'un pas léger, l'œil alerte. Elle marche en déboutonnant ce qui lui a servi de sarrau.

— Ça sent très bon, tu m'as ouvert l'appétit !

Adamo se retourne et lui montre un visage incertain.

— Ce n'est pas tout à fait prêt.

Son ton est maussade. *Aurait-il raté sa recette ?* se demande-t-elle. Il se détourne et sort les assiettes et les verres sans ménagement. Elle le laisse travailler et se dirige jusqu'à la salle de bain. Elle nettoie ses ongles, se rince les mains et replace ses cheveux en vérifiant qu'elle n'a pas taché son visage au cours de sa séance de peinture.

Quand elle revient, Adamo est plus détendu, souriant. Il a découpé et servi un carré fumant de pâté chinois dans chaque assiette. En s'approchant de la table, elle lui donne un bécot sur le dessus de la tête et glisse sa main sur son épaule en guise de salutation. Puis elle s'assoit en face de lui et l'observe se servir de la bouteille de ketchup pour dessiner un cœur sur la surface blanche de sa portion.

— T'es doué en dessin, dis donc ! T'aurais dû t'installer à côté de moi pour créer une œuvre, toi aussi.

Elle remarque qu'Adamo fait mine de trouver sa blague amusante, mais il est tendu. Elle avance sa main pour toucher la sienne. Ce contact les réconforte tous les deux. Il attaque de front le sujet qui le turlupine.

— Écoute, je n'ai pas pu résister à regarder ta toile, tout à l'heure. Euh, disons que…

— Pas de soucis, ça m'a bien occupée, comme tu l'avais prévu.

Adamo prend une bouchée et, tandis qu'il savoure, fait signe à Eva avec sa fourchette pour qu'elle goûte au pâté chinois et lui donne son avis. Eva en prend un peu, se régale et lève le pouce en signe d'approbation. Elle relance la conversation.

— Tu sais, le rouge est essentiel pour obtenir du brun, en mélangeant les couleurs primaires. J'ai demandé conseil, hier ; tout s'est déroulé comme il se doit. J'ai tout fait comme il faut…

Adamo dépose sa fourchette et prend une gorgée d'eau. Il s'assure de nettoyer sa bouche avant de parler.

— Je ne vois plus les tournesols que tu avais commencé à peindre. Tu n'étais pas contente du résultat ? Ça s'annonçait bien, pourtant.

— Oh, mais j'étais satisfaite. Ce n'était pas un Van Gogh, mais pas loin. Ils sont toujours là les tournesols ; ils sont juste recouverts de terre.

— Tu les as effacés, tu veux dire, s'énerve Adamo.

— Le temps des fleurs, comme le temps de nos unions, est éphémère. Tout passe et tout recommence, encore et encore. Comme nos vies.

— C'est malheureux, j'aurais aimé les admirer avant de les voir disparaître. Tu n'es pas triste, toi, qu'ils aient disparus à tout jamais ?

— Arrête, ce n'est pas l'apocalypse, quand même ! Et pour répondre à ta question, je ne suis pas triste du tout. Étonnamment, ça m'a même soulagée de les ensevelir moi-même. Je sais qu'ils ont jailli, ils ont existé grâce à moi. Grâce à ton idée. Avec la terre, tout peut repousser et refleurir.

Adamo pousse son assiette, les sourcils froncés, impatient d'en découdre avec elle.

— Le repas peut attendre, mais le sujet est chaud. D'où vient ce numéro philosophico-romantique ?

— Tu ne m'as pas encore dévoilé l'échéance de notre appariement.

— Pourquoi tiens-tu tant à connaître cette date ? Il y a sûrement une bonne raison. Je pense que tu dois apprendre à vivre au jour le jour, à apprécier le moment présent.

— On a le même âge, je le sais et nous sommes ensemble pour une raison. C'est à peu près tout ce que je crois ferme, dans le système RESET. Mon passé m'échappe, mais j'aimerais savoir si j'ai un avenir, avec ou sans toi.

— Que veux-tu dire ?

— Tu sais d'où tu viens. Pas moi. Je n'ai aucun souvenir, réel ou implanté, de mon origine. Je me rappelle seulement avoir eu des contacts épisodiques avec ma mère. Je ne sais même pas combien de temps j'ai pu vivre avec elle ou si elle existe encore. Toi, tu as connu ta mère. Elle t'a appris à faire du pâté chinois, et c'était peut-être même le meilleur repas de ta semaine. Moi, je n'ai rien appris de ma mère et ce vide me hante. Tout ce que j'ai pu conserver d'elle est son prénom. Je l'ai noté aussitôt que j'ai su écrire : Marguerite. Tu vois, si j'étais cynique, j'aurais peint une marguerite, l'empreinte fantomatique de mes origines.

Adamo pose ses coudes sur la table, les poings fermés sous son menton.

— Je suis désolé d'entendre ça, mais cette situation n'est pas nouvelle pour toi. Ça n'explique pas pourquoi ton attitude a changé cette semaine.

— Hier, nous avons reçu une classe de troisième année, à la biblio.

Adamo s'adosse, inspire et se détend.

— Je te l'avais dit que tu verrais des enfants. Tu as aimé ça ?

— C'est certain, répond Eva en souriant. Leurs yeux brillent, ils sont curieux et ils ne savent pas encore que…

— Que quoi ?

— Que leur formatage sera de plus en plus intrusif. Qu'ils seront dépossédés de leur individualité au fil des années avec RESET.

— On leur offre la sécurité, une famille qui leur convient à chaque étape de leur croissance. Ce n'est pas rien.

— Une famille ? Des parents ? Une colonie serait un terme plus approprié.

— Où veux-tu en venir ? Je ne te suis pas.

— J'ai rencontré un gamin, il était roux, comme toi et il dégageait une agréable odeur de caramel. Quand il a approché son bras pour saisir le livre que je venais d'enregistrer pour lui, je l'ai retenu quelques secondes, le temps d'envelopper sa petite menotte au creux de ma main. Ce bref contact de nos épidermes m'a permis de lire son profil. Outre son prénom, j'ai vu plus de cinq appariements avec autant de couples différents. Autant de crises d'attachement en une si brève tranche de vie, ce n'est pas normal.

— Au contraire, RESET mène continuellement des tests pour établir les meilleures cellules de compatibilité. Peut-être aussi que le gamin ne se comportait pas bien.

Eva verrouille son regard dans les yeux d'Adamo.

— Pourtant, il n'y a rien à son dossier qui indique ça.

— Tu le sais comme moi, le système conserve seulement les faits positifs.

— Alors, pourquoi mon profil à moi est pratiquement vide ?

LA CONVERSATION ne s'était pas éternisée et, par la suite, Adamo s'est montré débordant d'attention envers Eva.

Pendant qu'elle profite pleinement du bain de mousse relaxant qu'il lui a préparé, il termine la vaisselle et le rangement. Son linge tourbillonne dans l'assiette qu'il essuie, et il médite sur les difficultés d'Eva, l'orpheline. Il comprend que ce statut l'obsède. Lors des jumelages précédents, elle a sûrement vu les noms et prénoms des parents de ses compagnons du moment. A-t-elle eu avec eux une conversation semblable à celle qu'il vient d'avoir avec elle ? Ou encore, a-t-elle été assaillie par une déferlante hormonale neutralisant ses neurotransmetteurs ? Cela pourrait expliquer la disparition des informations anciennes d'une phase à l'autre. C'est sans doute aussi la raison pour laquelle elle n'a jamais été en contact avec des enfants auparavant. RESET évite de la confronter à des situations qui pourraient éveiller des états antérieurs anxiogènes. Son affectation à la bibliothèque serait donc un test pour voir comment elle allait réagir au fait que les enfants du programme connaissent plusieurs appariements avec des adultes. Eva a été isolée jusqu'à l'âge de dix-sept ans. Elle ignore vraiment à quoi ressemble la normalité de l'enfance à RESET. À l'école, les enfants jouent, suivent des cours, mangent leurs repas, retournent en classe et attendent l'adulte qui les ramènera à la maison. Leur horaire est réglé, expurgé des souvenirs de la phase antérieure, sans lien d'attachement et, en conséquence, sans séquelles. Chaque individu inscrit à RESET évolue en mode pilotage automatique. Une société docile, laborieuse, dont les efforts profitent au fonctionnement des services et à l'entretien approprié de leur milieu de vie. Un paradis terrestre où l'équilibre s'érige en principe sacré.

Adamo, qui n'a pas grandi dans ce système, a un tout autre point de vue sur les choses. Il ne connaît que les privilèges et les bénéfices liés à ce mode de vie et il en apprécie la valeur. En particulier ces jours-ci alors qu'il réalise qu'il va tout perdre.

Adamo prend une feuille de papier vierge et commence à écrire une lettre destinée à sa compagne du moment. Un murmure s'élève dans son esprit, un écho à l'idée que l'écriture ouvre un sanctuaire où les émotions peuvent se déployer, libres et sauvages. Comme pour Eva, chez qui l'art impose une distance thérapeutique entre le créateur et ses émotions, un rempart contre les assauts de RESET.

Il s'attèle et rédige.

Chère Eva,

Je voudrais te confier que j'ai une mère. Je la connais, car elle est toujours vivante. Elle a choisi de rester seule, dans la noirceur du monde d'antan, peuplé de frayeurs, de fardeaux, de faux-semblants, car les humains sont impitoyables entre eux, usant de leur libre arbitre pour ourdir les coups les plus tordus tout en montrant patte blanche.

Mon père a sombré il y a longtemps, à la suite d'une faillite causée par les manigances frauduleuses de son associé, anéantissant du coup sa dignité et sa vitalité. Devenue veuve, ma mère a pris la décision de m'inscrire à RESET alors que j'étais encore jeune adolescent. Elle souhaitait que j'y apprenne des métiers, que je m'épanouisse et que je devienne parent à mon tour, sans périls et sans peur, avec une compagne qui me convienne, à chaque phase de ma vie. Mais par-dessus tout, elle voulait que je vive sans danger, sans dommages, sans démons.

Ma mère demeure dans la société préexistante, acceptant l'oubli que l'on m'imposerait vis-à-vis de mon passé plus douloureux. Sinon, le traumatisme du suicide de mon père entraverait mon épanouissement.

Néanmoins, malgré le fait qu'elle ait signé toutes les décharges et les engagements nécessaires, elle a enfreint le règlement. Elle vient de me contacter pour la troisième fois en 15 ans. C'est comme ça que j'ai pu repeupler quelques-uns de mes souvenirs moins heureux. À chacune de ses interventions, elle a reçu un avertissement. Et, comme au baseball, la troisième prise est fatale. En conséquence, j'ai mérité un avis d'expulsion de RESET. Je l'ai reçu hier, pendant que tu dormais. J'ai entendu ma chanson personnalisée résonner dans ma tête. J'ai moi aussi été appelé à la porte « Service et maintenance », où j'ai subi cette mise au point ultime.

Je n'aurai donc pas d'autre jumelage, après toi.

JE ME SUIS RETROUVÉ CONFINÉ dans une cellule cylindrique, comme un insecte pris au piège d'une capsule de verre. De nombreux tests m'ont été imposés, chacun accompagné d'instructions déversées sur mon écran interne.

Devant moi, un écran mural s'est allumé. La directive suivante m'apparut : « Utiliser le micro pour répondre ». Un graphique, échelonné sur 15 ans, s'est dessiné sous mes yeux : l'accumulation d'observations de mon sommeil accompagnées des pronostics défavorables que RESET y a apposés. Deux pics coïncidaient avec les interventions externes de ma mère. Ma courbe entame d'ailleurs son ascension vers un troisième pic, en raison de sa dernière tentative. Ma mère communiquait avec moi illégalement en utilisant des intermédiaires peu scrupuleux, capables de percer le pare-feu érigé par RESET. Je l'ignorais, car je n'avais pas vraiment conscience de ses échanges, s'immisçant en moi comme des rêves.

— En quoi cela me concerne-t-il ? ai-je articulé dans le micro.

— Ces actes violent la règle du détachement émotionnel, c'est une contravention inacceptable de l'accord « Décharges et engagements » signé par votre mère. Vous n'êtes plus jugé comme un indi-vidu apte au fonctionnement prévu par RESET ;

vous ne serez plus jumelé pour éviter l'influence néfaste que vous pourriez avoir sur autrui.

— Je n'ai pas le contrôle sur le comportement de ma mère. Je ne devrais pas payer pour ses manquements. Il doit bien exister une solution ?

— Voilà vos options : pour rester, vous devrez accepter une intervention chirurgicale irréversible pour effacer tout souvenir de votre mère. Dans le cas contraire, vous serez forcé de nous quitter. Vous aurez alors tout oublié de la vie sous l'égide de RESET.

— Je ne comprends pas. Depuis que je vis ici, je suis obéissant et, malgré ces contacts avec l'extérieur, mon fonctionnement n'a pas été perturbé, il me semble.

— Nous avons attribué une évaluation positive à votre performance; en tant que roux, votre seuil de tolérance élevé à la douleur épidermique vous dispose à assumer des tâches ardues, c'est un facteur qui compte pour RESET. Ce n'est pas là le problème.

— Est-ce que je peux savoir quel risque représente pour vous la troisième intercession de ma mère, pour convoquer cette mise au point ?

— Cette fois-ci, elle est passée par un notaire, pour vous faire connaître ses dernières volontés. Sa demande d'aide médicale à mourir a été acceptée.

Elle veut voir son fils, son unique descendant. Il ne lui reste que trois ou quatre mois à vivre. Vous subirez l'influence de l'ultimatum qu'elle vous tend. Vos ondes cérébrales en état de sommeil parlent pour vous. Cette information dort en vous, mais elle peut se réveiller n'importe quand. Comme nous vous l'avons dit, votre seule option pour rester avec nous est de l'oublier complètement. Les bons comme les mauvais souvenirs disparaîtront.

Je ne me rappelle pas comment, mais j'ai réussi à obtenir de RESET le respect du délai de trois mois afin de terminer mon jumelage avec Eva.

C'est au moment de me laisser repartir qu'ils m'ont fourni quelques détails à son sujet, des détails troublants.

J'AI APPRIS qu'Eva a été confiée, poupon, en adoption à RESET. Le nom du logiciel « Marguerite » a été accolé à son profil, en guise de source. Marguerite, ironiquement, semblait une hypothèse en quête de validation : avec un bébé, serait-il « un peu », « beaucoup » ou « énormément » plus facile de façonner un individu RESET sans complications ?

Son statut de cobaye explique aussi pourquoi il y a une énorme irrégularité dans son dossier et que les dirigeants se montrent plus tolérants envers elle. Ils ne peuvent la retourner nulle part. Ce qui serait motif de rejet pour n'importe quel participant conventionnel demeure acceptable pour elle. Eva a pu comparer l'étendue des données sur les géniteurs de ses « conjoints du moment » et douter du système RESET. Elle s'est mise à préserver quelques traces de son histoire : la chanson, la date. À analyser chaque strophe du texte comme si cela révélait une part de son ADN. Un réflexe pour ne pas se trouver complètement assujettie aux paramètres de son profil numérique creux.

RESET se sert d'elle pour faire des expérimentations, pas toujours fructueuses, et je crois que j'en fais partie.

En apprenant ces choses à son sujet, je saisis mieux pourquoi elle est aussi fascinée par le roman « Le gouffre », qui raconte l'épopée d'orphelins comme elle. Elle a dû être touchée par leur histoire, en particulier par celle de l'aîné, qui se défait du système de guidage Okunet, un implant au cerveau qui contrôle la volonté individuelle, en s'amputant d'un œil au passage. Est-ce qu'elle construit sa légende personnelle en s'inspirant de cette fiction ? En émulation par rapport à son héros, elle a, comme lui, aussi réussi à se départir de son implant. A-t-elle été réparée par la suite ? Ça explique les cicatrices que j'ai vues au-dessus de son œil droit, lors de notre rencontre initiale. On lui a installé, au-dessus de son œil gauche, un prototype génique qui augmente le monitorage de ses systèmes internes.

Ce niveau de contrôle additionnel augmente cependant chez elle sa frustration et sa révolte. Malgré son apparente déroute, Eva est une femme en mission. Se pense-t-elle vouée à un destin qui la dépasse ? Se prend-elle pour Jeanne d'Arc en laissant pour autrui des traces écrites, des messages codés ?

Quoi qu'il en soit, ces élans de résistance font d'elle une paria. Elle se braque contre un système dont elle ne saisit pas la portée. Elle affirme que RESET n'est rien de moins qu'une camisole de force qui bride nos systèmes hormonaux, biochimiques et nerveux. Et elle croit que c'est dans l'intérêt du plus grand nombre de connaître cette vérité.

Par ailleurs, Eva n'a expérimenté que le mauvais côté de RESET. Elle ignore que la société ancienne co-existe avec le programme. Elle ne peut pas deviner à quel point il est cruel d'y survivre. Connaît-elle seulement le prix de la liberté ? Ici, chacun de nous a sa place, grâce à nos compétences complémentaires et aux tâches qui nous sont assignées. Nous avons plusieurs chances de trouver la personne avec qui fonder notre cellule de compatibilité, avec des enfants engendrés ou empruntés.

Je pense que c'est à ça que réagit Eva. À quoi bon donner naissance à une nouvelle âme si c'est pour en faire un être incapable de vivre pleinement ? Je ne peux pas comprendre ce manque ; ma vie a commencé dans la joie du sentiment d'appartenance. J'ai déjà eu une famille et, même si elle s'est effondrée, elle représente mes racines, mon ancrage au monde.

Eva brûle d'un désir aussi fort que sa propre existence : celui d'enfanter. Sachant qu'elle est en pleine forme, capable de donner la vie, j'y vois une occasion à saisir. À la fin de notre phase, je trouverai le moyen de l'emmener loin, de la détourner du quotidien pour la convaincre qu'il existe une façon de vivre autrement, bien qu'elle soit périlleuse et soumise aux aléas de l'âge et de la santé. Car les soins médicaux n'y sont qu'une parodie de guérison en comparaison du bouclier protecteur de RESET.

Voilà ! Je sais ce qu'il me reste à faire : transmettre la joie à Eva en fondant avec elle une famille.

La bonne nouvelle, c'est que je ne pars qu'à la fin de mon cycle. Il me reste donc douze semaines pour insuffler un esprit de spontanéité à la belle Eva, pour lui faire vivre des moments d'abandon et tenter de susciter une émotion neuve, un élan de bonheur pris par surprise en pleine éclosion. J'ai le temps de lui offrir tout ça et elle le mérite tellement.

Je vais adapter mon plan : je l'entraînerai dans un lieu reculé où nos implants seront hors service. Je lui annoncerai alors l'ultimatum qui m'est imposé et lui révélerai sa soumission irrévocable à RESET. Je lui parlerai du temps d'avant, un retour vers le passé pour moi, mais une vraie vie pour les individus en dehors de RESET.

Là où la protection s'arrête, le ciel s'éclaircit, certains jours.

Une issue de secours.

Notre sortie côté jardin.

À nous deux le ciel bleu retrouvé.

En chemin, pour lui donner du courage, je lui rappellerai le tourbillon des émois réels vécus en trois mois en lui accolant des mots doux comme attachement, surprise, découverte, introspection, joie…

le mal intérieur

Ben Morris

PAUL-ANDRÉ DESBIENS se redresse pour faire face à une réalité déprimante, il vient d'être projeté en enfer. Comment a-t-il fait son compte pour se retrouver coincé dans ce bunker insalubre. L'atmosphère est chargée d'une humidité pesante qui gêne sa respiration. Une forte odeur de moisissure lui pique les narines et lui chauffe les yeux.

Cet endroit lui est complètement étranger et il n'a aucun indice quant à l'identité de ceux qui l'y ont enfermé. *Dans quel merdier me suis-je encore fourré ? C'est dément. Je ne me souviens de rien.* Un mal de tête lancinant lui rappelle qu'il est toujours bien vivant. Il se frotte le crâne et cherche à savoir s'il a été assommé, mais il ne détecte aucune bosse suspecte. *Et si j'avais été drogué, par qui et pourquoi ?* Il met de côté ses élucubrations pour se concentrer sur son milieu immédiat. *Qu'est-ce que c'est que ce trou infect ?*

Il scrute les alentours pour détailler son environnement. Il aperçoit au centre de la pièce un corps inerte. À en juger par sa crinière abondante, il en déduit que c'est une femme, mais il n'en est pas sûr. Certains mecs ont les cheveux longs. Il se demande si elle est toujours vivante. Il aimerait bien, ça lui ferait de la compagnie. Aussi, elle détient peut-être des morceaux du puzzle. Il décide de s'approcher du corps inanimé pour vérifier. Il réalise qu'il est encore chaud. Ça lui donne de l'espoir. En revanche, il ne sent pas sa respiration. Il pose ses doigts sur son cou. Il a l'impression de détecter un faible pouls, mais il n'en est pas certain. C'est décourageant. Il lui fouille les poches en vain. Elles sont vides. Il retourne la personne pour constater que c'est bel et bien une femme. Il croit la reconnaître. Une étudiante ? Une copine ? Les deux ? Il ne saurait le dire. Il la trouve plutôt mignonne, désirable même. Il se ressaisit. Pas question de profiter de la situation pour commencer à la tripoter. De toute manière, il préfère que les dames succombent à son charme.

Il scrute chaque détail de sa physionomie dans l'espoir de faire naître à son esprit un souvenir quelconque. Après quelques minutes, il a l'impression que la femme a remué un doigt. Oui, il en est persuadé : elle a bougé. Ses connaissances en médecine sont limitées, mais il est convaincu que c'est bon signe. Il ne sait pas quoi faire d'autre que d'attendre. Une heure s'écoule. Pendant ce temps, il se familiarise avec la pièce où il se trouve. Il n'y a pas grand-chose à voir dans cette chambre sans fenêtre d'à peine cinquante mètres carrés. L'éclairage faiblard provient d'un luminaire fluorescent fixé au plafond dont le crépitement électrique intense annonce que le ballast est en fin de vie. Paul-André espère que le néon continuera son travail pendant quelque temps, même si le bourdonnement entêtant qui s'en dégage l'agace au plus haut point. Les murs de pierres humides laissent écouler des filets d'eau qui s'accumulent à terre pour former de petites flaques. Il interprète qu'ils se trouvent sous terre dans un sol mal drainé. Par contre, la grosse paroi d'acier qui scelle sa cellule est sèche. Il s'agit visiblement de la seule voie d'accès. Il se souvient, quand la porte s'est refermée, du bruit sourd du verrou. De toute évidence, cette cloison apparaît très solide et sa surface de métal rouillée et rugueuse le décourage d'aller y frapper. Il devra patienter. Ça lui donne le temps de penser. Pourquoi l'a-t-on enfermé là ? Qu'attend-on de lui ? Après tout, il n'est qu'un professeur d'anthropologie à l'Université Laval de Québec. Il étudie les cultures amérindiennes et il s'intéresse aux premiers rapprochements avec les Européens. Il cherche à comprendre le choc des civilisations et veut démontrer ce que les autochtones ont perdu au change, au contact de la modernité. Aurait-il dérangé quelqu'un à travers ses travaux de recherche ? Il considère pourtant qu'il est en bons termes avec les populations aborigènes qu'il côtoie un peu partout sur la planète. Peut-être n'est-il plus au Canada ? Il a fait plusieurs séjours en Australie au cours des dernières années. C'est peut-être ça. Il se trouverait en Australie. Si c'était le cas, comment a-t-il pu oublier un si long trajet ? Et si cette fille était l'une de ses assistantes de recherche, il espère qu'elle se réveille afin de répondre à quelques-unes de ses questions.

Justement, le torse de la jeune femme remue et sa gorge émet un râlement. *Elle est vivante !* Il s'approche d'elle pour soulever sa tête et l'aider à reprendre connaissance. *Dieu merci !* Elle toussote maintenant. Elle constate la présence de Paul-André. Elle cherche à s'écarter de lui, terrorisée. *Elle ne me reconnaît pas. Ce n'est pas bon signe.*

— Du calme, je n'y suis pour rien quant à votre fâcheuse position. Ce n'est pas moi qui vous ai amenée ici.

— Professeur Desbiens, c'est vous ?

— Oui, c'est bien moi.

Un vent de soulagement souffle dans sa tête. Elle pourra sans doute lui fournir les précieuses informations qui lui manquent pour faire la lumière sur sa situation. Il lui laisse tout de même le temps de reprendre ses esprits avant de la bombarder de questions.

— Qu'est-ce que nous faisons ici ?

— Vous ne vous rappelez donc rien ?

— C'est troublant en effet. J'ai tout oublié des dernières heures.

— Quel est votre dernier souvenir ?

— Je suis dans mon bureau à l'Université Laval. Un homme est venu me rencontrer pour me parler d'une prochaine expédition en Australie.

— Ça fait trois jours de cela.

— Ah oui ? Je n'ai aucun souvenir de ces derniers jours.

— Votre voyage était planifié. Vous deviez venir me rejoindre. Vous avez pris l'avion ensemble et il vous a accompagné jusqu'ici.

— En Australie ?

— C'est exact.

— Pourquoi est-ce que je ne m'en souviens pas ?

— Vous avez été placé sous hypnose.

— Qui a fait ça ?

— L'inconnu qui vous a visité à l'université préparait le terrain. Vous êtes sous son contrôle depuis ce temps : il a pu faire de vous ce qu'il désire.

— Quel délire, cette affaire. Où sommes-nous en ce moment ?

— Dans la région d'Alice Springs sur un site aborigène, en Australie.

— Ça fait plus de seize heures de vol, sans compter les escales, comme si j'étais demeuré inconscient durant tout le trajet.

— Ça semble être le cas, en effet. Ils manipulent vos souvenirs en vous replongeant sous hypnose.

— Je n'en reviens pas… Pourquoi m'avoir fait venir dans une région aussi isolée où il n'y a pas grand-chose à voir ?

— Une entente avec le gouvernement australien a permis aux Arrerntes de récupérer les vestiges que les archéologues ont mis au jour lors des fouilles du marécage de Kow. Vous devez vous en rappeler, vous aviez entrepris d'aider les Arrerntes à dresser un inventaire des objets ayant appartenu à leur peuple.

— J'ai bel et bien rencontré les représentants de la tribu des Arrerntes à quelques reprises au sujet de ces objets, mais en quoi ça concerne ce qui nous arrive aujourd'hui ?

— Un collectionneur privé cherche à mettre la main sur certaines de ces reliques. Des pièces rares qui datent de plus de 40 000 ans. Il a besoin de vous pour arriver à ses fins.

— Ce sont les Arrerntes qui en ont la garde, pas moi. J'ignore même où ils les conservent. Ils me les montrent afin que nous puissions les étudier ensemble, mais ça se limite à ça. Après coup, ils se chargent de les remettre en lieu sûr dans un endroit connu d'eux seuls.

— Des gens mal intentionnés ont voulu se servir de vous afin de s'emparer de ces trésors cachés. Après tout, vous avez déjà gagné la confiance des Arrerntes. Ils espèrent que ces derniers vous révèlent l'endroit secret où ils entreposent leur trésor.

— Et leur plan a fonctionné, d'après vous ?

— Ce serait à vous de me le dire. J'étais retenue prisonnière ici avant vous.

— Et comment avez-vous abouti dans ce décor sinistre ?

— Je travaille pour vous. Il y a une semaine environ, vous m'avez envoyée sur place pour préparer le terrain avec les aborigènes.

— Pourquoi nous a-t-on enfermés, ensemble ?

— Vos ravisseurs m'ont approchée pour m'inviter à collaborer avec eux, en m'offrant une forte somme d'argent afin que je trahisse votre confiance. J'ai fait semblant de jouer le jeu. À votre arrivée, j'ai tenté de vous prévenir, mais vous étiez toujours sous hypnose. Quand ils ont compris ce que j'essayais de faire, ils m'ont droguée et emmenée ici.

— Que va-t-il se passer à partir de maintenant ?

— Si vous avez réussi à convaincre les autochtones de révéler l'emplacement de leur précieux legs, il y a de fortes chances qu'on nous abandonne à notre propre sort. Ils vont nous laisser mourir ici, tout simplement. Dans le cas contraire, ils reviendront sans nul doute vous chercher afin que vous persuadiez vos amis de baisser la garde.

— Je n'en reviens pas qu'on puisse tuer des gens uniquement pour mettre la main sur des artefacts archéologiques.

— Vous ignorez vraiment où se trouve cette collection ?

— Disons que j'en ai une idée assez précise, mais je ne suis jamais allé par moi-même. Je peux me tromper.

— C'est mieux que rien. Ça pourrait être notre bouée de sauvetage.

En disant cela, le loquet de la porte s'actionne et les gonds grincent sous l'effort. Une silhouette apparaît dans l'entrebâillement. Peut-être allaient-ils enfin recouvrer la liberté ?

Un jeune homme costaud, au nez aquilin, se dresse devant lui. Il a une mine sévère avec sa chevelure ébène, luisante et abondante. Ces yeux gris le sondent de manière insistante. Pas question de le confronter. Le bonhomme a l'air solide comme un roc.

Paul-André se retourne pour aviser sa compagne d'infortune de la présence de ce visiteur, mais il ne reconnaît pas la personne allongée au milieu de son cachot infernal. Le corps lui paraît aussi anonyme et inanimé que celui qu'il a aperçu il y a quelques instants. Cela le déstabilise et lui fait perdre momentanément tous ses repères. Il lui a pourtant parlé. *Ai-je halluciné toute cette conversation ?*

— Je vois que vous êtes en bonne compagnie, lance l'inconnu.

— Cessez votre ironie. Vous me devez des explications. Pourquoi suis-je ici ?

— Toujours la même question. Et quand je reviendrai, vous me demanderez encore la même chose. À quoi bon vous répondre ?

— Pourquoi me retenez-vous ici ?

— Je ne vous retiens pas.

— Je veux sortir. Je ne peux pas rester ici plus longtemps.

— Prenez votre mal en patience. Vous sortirez quand vous aurez compris ce qui vous arrive.

— Alors, je suis devenu fou, c'est ça.

— Il n'y a rien d'anormal chez vous.

— Qu'est-ce qui cloche alors ?

— Vous êtes prisonnier d'un démon qui vous habite.

— Et, j'aurais choppé ça où, ce démon ?

— Le plus probable est que vous ayez profané un site sacré. Mais, en réalité, cette question n'a pas vraiment d'importance. Le résultat demeure que vous êtes dominé par une entité.

— Il doit quand même exister un moyen de se débarrasser de cette saleté. Si c'est entré en moi, ça peut en ressortir. C'est logique, non ?

— Quand vous connaîtrez son nom, vous pourrez l'affronter et vous en libérer.

— Qu'est-ce que vous me racontez ? Comment voulez-vous que je découvre son nom ?

— La réponse se trouve en vous.

Sur ces paroles, l'homme referme la porte, laissant Paul-André seul enfermé dans son cachot avec un corps inanimé.

les petits malentendus

Lou Benedict

IL NE FAUT PAS MÉLANGER les pommes et les oranges. C'est le titre du cahier que je destine à ma fille. À son contact épisodique, je mesure notre éloignement. Ses appels, peu fréquents, résonnent comme des sommations. La conversation intercale nos deux monologues, entrecoupée du refrain qu'on entonne : « en tout cas… en tout cas. »

J'ai perdu Ève, il y a cinq ans environ. Plus ou moins, je ne sais plus. Elle veut tant me convaincre que son débit s'emballe, sa respiration est courte, le ton m'étonne, ses mots hachurés, manqués, remplacés par des anglicismes, tout glisse, tout s'enlise.

Je voudrais tant retrouver ma fille chérie. Je cherche la voie qui accordera nos cœurs et nos cerveaux à nouveau. Je n'arrive plus à lui parler, mais je veux garder le canal ouvert, en laissant le temps au temps. J'écoute et je note dans ma tête, tout d'abord, puis dans mes cahiers frémissants. Je contre-vérifie les sources qui la rassurent, je tombe des nues quand les résultats clignotent Page 404 à répétition. Si je lui demande des précisions ou des références supplémentaires, elle s'excite de la disparition des contenus. Son argument du *cancel control* refait alors surface : les messages révolution-naires sont traqués et réprimés. C'est tout entendu : les autorités, les riches et les manipulateurs chérissent le statu quo à coups de poursuites-bâillon.

Je note tout, dans l'ordre et dans l'égarement. J'ai des cahiers torturés, gonflés d'insertions d'articles, exsudant des petits autocollants purulents de désagrément. Aujourd'hui, je triture celui où je griffonne mes déceptions et où j'égratigne mes aspirations. Les phrases qui embrument mes pensées et hantent mon sommeil sont surtout celles qu'elle m'a léguées au fer rouge à coups de « Fa que. Fais tes recherches. » Ce sont ses peurs et les miennes qui noircissent ces pages, le graphite salit le papier qui gondole, par-ci par-là d'une larme qui a fait tache. Elle dénonce les « narratifs de peur » des médias traditionnels. Elle déshonore ces derniers en les considérant comme les vulgaires porte-voix des slogans politiques et des asservissements des autorités de la santé publique.

Dans mon cahier « Des pommes et des oranges », je commence des dissertations. Je crée un index au sujet de mes espoirs, mais cela trahit surtout l'impuissance qui m'habite dans le brouhaha qui se nourrit de lui-même. J'ai créé un narratif pour l'entraîner dans mes boucles, en passant d'un souhait à une injonction : rêve ou crève. Respirer, Évaluer, Vérifier, Entreprendre. Surtout, commencer par Chercher au lieu de Conspirer, pour ne pas désorienter le rêve vers la crève.

SA PREMIÈRE HANTISE tournait autour du glyphosate, du gluten et de la levure qui l'accablaient de *glue* intestinale, son corps étouffait et gonflait. De façon détournée, elle me suspecte d'avoir mal rempli mon contrat de lui avoir fabriqué un organisme sain.

Tout m'étourdit. Elle passe ensuite aux *chemtrails* des avions qui violent l'atmosphère en l'aspergeant d'agents chimiques pour déstructurer le climat. Je tente d'opposer que les avions laissent des *contrails*, c'est-à-dire des traces de condensation du sillage plus intenses depuis que l'humidification de l'air s'élève avec les GES. Ce n'est pas nier la dégradation du milieu de vie, mais éviter de démoniser des intentions alors que les phénomènes sont explicables.

Elle enchaîne avec les ballonnements intestinaux, signes avant-coureurs d'inflammation généralisée. C'est tout entendu : quand nous nous alimentons mal, la digestion pénible génère le *brain fog*, ce terreau fertile de la fatigue propice au gobage des messages du *Big Pharma* et du Nouvel Ordre mondial. Le ciel n'est plus limpide, notre intelligence s'obscurcit.

Elle prescrit la doctrine des lavements réguliers pour s'épurer le côlon... Il faut tout contrôler en provenance de notre transit physiologique ou de nos activités technologiques. Quant aux maux de ventre, j'en éprouve de façon proportionnelle à la durée de nos discussions, je l'admets, le macrobiote nous renseigne sur notre état de stress.

La trentaine victorieuse, elle condamne notre alimentation qui inclut encore les tissus morts d'animaux bourrés aux antibiotiques, le mucus des vaches *boostées* aux hormones et les œufs dénaturés puisqu'ils sont pondus en captivité. Nous sommes des moutons, victimes de l'aveuglement tacite des autorités, des riches et des manipulateurs. C'est tout entendu, la solution vient avec le problème. Pour ces maux qu'ils ont créés, ils vendent des comprimés, des soins de santé de plus en plus invasifs selon de moins en moins de justifications.

Elle peste contre les pesticides, la liste des fruits et légumes qui n'ont plus la cote s'allonge, à moins de payer les yeux fermés pour un label biologique. Je l'admets, il n'est pas bon pour la santé d'économiser la lecture des étiquettes, car on le sait, les marchands du monde ont l'esprit créatif. Je surveille aussi la logorrhée des informations nutritionnelles et des facétieuses allégations santé. Je vois ainsi certains de leurs mots magiques, comme l'aspartame, ce champion de la lutte contre l'obésité, être transbahutés dans la liste des agents cancérogènes, ce qui est encore plus redoutable que de mélanger les pommes et les oranges dans nos arguments. Elles ne font même pas bon ménage dans la corbeille à fruits ou dans le tiroir du frigo. Les pommes et les oranges s'échangent le gaz éthylène de façon malsaine, il faut les séparer parce qu'au lieu de les faire mûrir ensemble, il les fait pourrir. Une mort prématurée, pourtant évitable. C'est ce qui guette nos pensées lorsqu'on transpose un argumentaire étriqué sur la vie en général. Je lui donne raison sur la conservation des fruits, mais tous les discours ne s'interchangent pas. Face au cancer, je ne miserai pas sur le curcuma.

LA CONTESTATION, c'est un effet de génération ; je fus vindicative à mes heures. Maintenant, on se mord le nez au sujet de nos croyances qui divergent, mais il faudrait d'abord se mettre d'accord sur les connaissances. La vérité se porte mal. La désinformation est une gangrène. Ça finit par empester. Il ne faut pas lui laisser le champ libre en démantelant les services de presse et les médias d'intérêt public, tant le contrôle vénal des messages, on le sait, vient avec le pouvoir. Le pouvoir politique, financier et militaire appelle forcément le contre-pouvoir du journalisme professionnel au service de la vérité.

Avec d'autres, elle a disséminé hâtivement les velléités d'aliénation que représentaient les mesures de confinement, au début de la pandémie du coronavirus. L'amalgame aux camps d'isolement, le dépouillement des droits et libertés, mêlés au scénario d'une oppression secrète : rendre la population active dépendante de subventions de subsistance, c'en était trop ! Il suffisait de consulter n'importe quel plan d'urgence en situation de contamination des populations pour tolérer la perspective des compromis ponctuels.

Méfions-nous des réseaux sociaux et des blogueurs mercenaires, la négation même de la rigueur, séduisants parce que simplistes. Et le simple est souvent trompeur, il nous rassure. Il suffit de cliquer solidaire, j'aime, j'adore. L'obstination avec laquelle on se sent acceptés nous enchaîne ; l'effet d'adhésion nous colle à la peau.

Le croit-elle nouveau, ce mouvement factieux contre les messages gouvernementaux ? L'instrumentation de la peur change de nom pour se faire une nouvelle jeunesse. C'est vieux comme le monde, faire briller la pomme pour éluder sur le poison qu'on y a infiltré, à dessein.

Quand ses narratifs d'épouvante partent en vrille, je crains pour sa santé, son équilibre, son ancrage dans cette société qu'elle habitera plus longtemps que moi. Je n'ai pas le luxe de préférer l'indifférence à l'alarme, son effet est néfaste sur l'autre.

Je respecte les nuances de la connaissance. Gardons l'esprit ouvert, le savoir se montre évolutif, tout comme notre impact sur nos milieux de vie et notre santé. Notre survie sera viciée par l'air corrompu chaque jour, pour la suite du monde.

L'air du temps est parfois puant de mauvaise conscience et de faux raisonnements.

Résistons à dupliquer les messages populaires que dicte la peur d'être ostracisé et de ne pas pouvoir y faire face. Par omission de prendre position, une idéologie ou une rhétorique alimentée de vérités alternatives occupe de plus en plus de place, se faufilant auprès d'autres esprits démissionnaires, jusqu'à prendre valeur de référence. Évitons de se faire complices par association.

Réfléchir n'est pas se faire une salade de fruits, par indécision. Ma fille en connait un rayon sur le bon moment de manger quels fruits au cours d'une journée, pour bien les assimiler et les éliminer proprement. D'un côté, l'enjeu est la faction, en mobilisant l'émotion et en dirigeant l'action vers le complot. La peur n'est pas un horizon acceptable, elle se nourrit d'un geste isolé, d'un moment donné, d'une contrainte supplémentaire, d'une perception brouillée. De l'autre, l'enjeu est la compréhension en continu, à partir des faits et du raisonnement. Son évolution n'est pas un désaveu : la connaissance est vivante, à la lumière des faits nouveaux. Elle offre la joie de comprendre, l'élan de chercher une solution, la liberté de débattre des idées pour en déterminer le bien-fondé. Incluant la responsabilité de la remettre en question, encore et encore, à la lumière des données changeantes.

CHERCHONS, honnêtement. Bientôt, nous serons légion à interroger les robots pour savoir ce qui est fondé et ce qui relève des théories fallacieuses qu'on n'arrive plus à démêler. C'est notre capacité de jugement et notre intelligence collective qui sont entravées. Rêver d'un monde sans État, sous prétexte de liberté, serait s'aveugler quant au mode dictatorial qui piaffe à l'idée de profiter du vide. Le vide, c'est surtout l'opposition affaiblie de la population que la paresse aura conditionnée. Je suis certaine d'une chose : nous crevons un peu plus chaque jour quand la démocratie s'affaiblit dans notre monde. Une société de droits, ça peut se perdre en peu de temps. La reconstruire s'avère une épopée.

Je regarde la pomme et sa promesse de porter du fruit pendant que ma fille pèle l'orange avec rage.

La science et la bienséance sont de mise, tant pour la conservation séparée des fruits et des légumes, pour juguler les effets de serre de nos activités sur la planète et surtout se parler pour se comprendre et s'adapter.

Telles les pommes et les oranges, choisissons notre camp pour mûrir au lieu de pourrir.

7 /

un mal invisible

Ben Morris

UN HOMME REGARDE à travers la lunette de son microscope. Il semble préoccupé par ce qu'il observe. Il voit des filaments noirs et torsadés qui se multiplient et se déplacent rapidement. Un œil peu expérimenté pourrait y voir des chaînes de chromosomes en pleine reproduction, mais ce n'est pas le cas. Il n'arrive pas à déterminer à quoi correspond cet organisme vivant. Tout ce qu'il sait, c'est qu'on attribuerait à cette minuscule bestiole la mort de toute une communauté inuite localisée dans le petit village de Ouaqtaq au nord de Kuujjuaq.

Cette épidémie justifie que lui, Patrick Baumier, le célèbre microbiologiste français, se retrouve au-delà du cinquante-huitième parallèle avec une petite équipe internationale dans le but de procéder à des analyses préliminaires sur le terrain. En tant que chef de mission, de lourdes responsabilités reposent sur ses épaules, mais le défi s'avère stimulant et il se sent bien entouré. En particulier, il sait gré à Axel Raboult, l'épidémiologiste belge de renommée mondiale, de se joindre à lui. Ensuite, il peut compter sur Sonia Janelle, une femme médecin canadienne réputée pour avoir coordonné de grandes campagnes d'aide humanitaire. L'armée canadienne l'a désignée cheffe médicale. Finalement, Wilbrod Edgewater complète leur équipe. C'est un militaire américain chargé de leur sécurité. Sa présence est justifiée par le fait que l'incident s'est produit à proximité de leur base expérimentale secrète implantée dans le cadre d'une entente bilatérale sur la défense du Grand Nord canadien. Wilbrod s'occupe également de tous les aspects logistiques de leur intervention. Son gouvernement a d'ailleurs assumé la majeure partie des frais de l'opération. Il est le seul à porter une arme.

Dans son laboratoire de fortune, la tête de Patrick explose de questions. Il se demande si la fonte du pergélisol est responsable de l'apparition de ce virus. Est-il ancien ou nouveau ? Naturel ou modifié ? Pourrait-il être de nature extraterrestre ? Il ne sera pas en mesure de répondre à ces questions avant de retourner dans un laboratoire beaucoup mieux équipé. En attendant, il procédera à des manipulations pour l'isoler et tester son pouvoir infectieux, sa résistance et sa mortalité. Il dispose de plusieurs spécimens, ce qui lui permettra de répéter de multiples expériences avant de se faire une idée sur sa dangerosité. Ça ne fournira pas de réponses définitives à ses interrogations, mais il sera au moins capable de rapporter des nouvelles aux autorités compétentes afin que des décisions soient prises quant à la manutention des échantillons infectés et à leur transport.

Les voilà installés dans une station météorologique transformée pour l'occasion en centre de recherche scientifique. Leur campement est équipé d'un générateur électrique, d'un réfrigérateur, d'un four à micro-ondes, d'un ordinateur et d'un système de communication par satellite. La salle technique où se trouve Patrick est séparée du reste de la station par des toiles de plastique et de fibre de verre. L'accès à cette section du bâtiment lui est strictement réservé.

Par mesure de précaution, afin d'éviter la dissémination du virus, on a installé un sas lui permettant d'accéder à son espace de travail et d'en sortir sans menacer de propager l'infection. Cette chambre étanche empêche le transfert d'air ou de matière entre les deux zones.

Après une dizaine d'heures passées à effectuer de délicates manipulations sur les mystérieux agents pathogènes à sa disposition, Patrick se décide à émerger de son environnement contrôlé. Avant d'en sortir, il stérilise ses instruments et remise les échantillons infectés qu'il n'a pas utilisés. Il place certains individus qu'il a isolés dans un incubateur, en congèle d'autres et range le reste dans un contenant réfrigéré. Il referme la hotte à flux laminaire et éteint ses autres instruments.

Pendant que la centrifugeuse cesse ses révolutions, il regarde la photo qu'il a posée sur le coin de son espace de travail. Son regard admiratif face à ce cliché médiocre en dit long sur l'attachement qui le relie à ce petit être à naître. Malgré la définition granuleuse de l'image, il reconnaît avec émotion la silhouette d'un garçon, son fils. Il aimerait être près de son épouse pour vivre avec elle l'expérience presque mystique de transmettre la vie. Il soupire de dépit. Dans l'état actuel des choses, il ignore même s'il pourra être présent au moment de l'accouchement. Il se ressaisit. La tâche qu'il doit accomplir ici est d'une importance capitale, non seulement pour sa progéniture à venir, mais aussi pour l'avenir des humains sur Terre.

Une fois à l'intérieur du sas, il vérifie que la pression y soit légèrement inférieure à celle de la partie stérile et légèrement supérieure à celle de l'extérieur. Puis, il enlève ses gants, son masque, ses lunettes, ses chaussures et sa combinaison. Enfin, il lave ses mains selon le protocole avant de rejoindre les autres.

Axel furète sur son ordinateur portable pendant que Sonia consulte les résultats des analyses sanguines des victimes. Wilbrod demeure assis, immobile, près de la porte d'entrée.

— Quoi de neuf ? demande Axel.

— Rien de bon. Cette chose ne ressemble à rien de connu. En plus, elle mute à une vitesse folle. Cela étant dit, d'après son comportement et sa nature infectieuse, je la catégoriserais comme un virus. De prime abord, j'ai eu de la difficulté à la repérer. Elle est minuscule et furtive. Non seulement cette curieuse créature se cache derrière d'autres cellules, mais elle se greffe à elles pour se mouvoir. Elle parasite ainsi les cellules hôtes et pourrait même utiliser d'autres virus pour se disséminer. Tout ça pour dire que nous avons affaire à un ennemi de taille.

— Wow ! Je vois le portrait. J'imagine que ce virus peut être aussi très volatil.

— Exact ! Au fond, je n'arrive pas à établir de limites à ce qu'il peut faire. Il me reste à tester sa résistance au changement de température, sa capacité à survivre en dehors d'un milieu aqueux et sa préférence pour les milieux alcalins ou basiques.

— Ça va te faire pas mal de travail, intervient Sonia. Tu vas avoir besoin de combien de temps ?

— Je ne sais pas. Une semaine, peut-être plus.

— On va l'appeler comment notre nouvel ami ? demande Wilbrod.

— Il est tellement mystérieux, je propose de lui donner le nom de Nébula.

— Ça sonne bien, commente Axel. C'est *catchy* et facile à retenir.

— Pour moi, ça ravive le cauchemar de l'Ebola, rajoute Sonia avec peu d'enthousiasme.

— On aurait aussi pu le nommer *Motherfucker*, rétorque Wilbrod. Ça lui conviendrait peut-être mieux.

Les autres le regardent avec circonspection. Wilbrod ne s'est pas montré très causant depuis leur arrivée. Ça s'explique du fait que le français n'est pas sa langue maternelle. Il s'exprime pourtant fluidement et se fait comprendre aisément malgré un fort accent anglais. Axel ose une timide remarque.

— Ce nom-là pourrait ne pas être bien interprété, je crois.

— Je blaguais, lance Wilbrod avant de laisser éclater un rire gras.

La petite cohorte ricane maintenant à l'unisson.

— Allez ! Cassons la croûte, propose Sonia pour changer de sujet.

À table, les convives mitraillent Patrick de questions.

— Il a l'air de quoi, notre petit monstre ? demande Axel.

— À un asticot noir, mais de forme plus allongée.

Pendant que chacun essaie de se faire une représentation mentale de la chose, Axel ajoute son commentaire.

— C'est quand même curieux que cet intrus fasse son apparition dans un village dont le nom signifie « ressemble à un ver intestinal ».

— T'es sérieux ? demande Sonia. Quel curieux nom pour un village.

— Il faut croire que les Inuits savent manier l'ironie, commente Wilbrod.

— En effet, cette coïncidence est presque prophétique, rajoute Patrick. C'est comme si les habitants de ce village connaissaient son existence depuis des lustres.

— C'est peut-être le cas, rétorque Wilbrod.

— J'en doute, ça prend un microscope très puissant pour pouvoir observer cette créature. Cette technologie n'existait certainement pas au moment de la naissance de ce village.

Wilbrod balance son index de gauche à droite en signe de désapprobation avant d'y aller d'une remarque à portée quasi philosophique.

— Tu-tut ! Vous ne devriez pas sous-estimer les peuples autochtones. Ils n'ont pas besoin d'équipements sophistiqués pour appréhender le monde. C'est surprenant d'apprendre ce qu'ils ont compris au fil des siècles à travers les songes et les rêves.

— J'avoue que c'est un domaine qui m'échappe, conclut Patrick.

— C'est quoi la suite, pour nous ? demande Sonia. Peut-on être utile à quelque chose ?

— Vous devrez me fournir un échantillon de sang, question de mesurer si vous avez été en contact avec le virus depuis votre arrivée ici. Malgré toutes nos précautions, il pourrait facilement se répandre parmi nous.

— Ce sera sans moi, répond Wilbrod.

— Pourquoi ? demande Patrick.

— Ce n'est pas dans l'entente. Selon les instructions que j'ai reçues, je ne dois participer d'aucune manière à vos expérimentations.

— Ce n'est qu'un tout petit prélèvement. Sonia va s'en charger. Je n'ai besoin que du contenu d'une éprouvette.

— Hors de question !

— C'est aussi pour votre propre protection. Je compte procéder à des tests sérologiques pour détecter la présence d'anticorps spécifiques à ce germe pathogène. Si c'est le cas, cette information pourrait s'avérer cruciale pour combattre ce fléau.

— Je regrette. Vous devrez procéder sans moi.

— OK, de toute façon, j'aurai suffisamment à faire avec nos trois échantillons. Ça vous donnera l'occasion de réfléchir.

L'attitude de Wilbrod plombe un peu l'atmosphère et chacun retraite dans ses quartiers pour la nuit. Patrick et Axel partagent l'une des deux chambres aménagées pour eux. Sonia occupe l'autre. Wilbrod s'étend sur un lit de camp près de l'unique porte pour accéder au bâtiment. Toutes les autres issues sont scellées.

— Bizarre, l'ami américain, ne trouves-tu pas ? demande Axel.

— Il est surtout assujetti à sa chaîne de commandement. Il ne fait qu'obéir aux ordres qu'on lui donne.

— Comme un bon chien.

— Comme un bon soldat.

— Quoi qu'il en soit, il me fait peur. Depuis que nous sommes arrivés, je ne l'ai jamais vu dormir. À chaque fois que je me lève la nuit, il est réveillé, assis sur son lit, près de cette foutue porte.

— Il fait preuve d'une vigilance constante, je te le concède. Il est toujours sur ses gardes.

— Tu crois qu'il pourrait nous éliminer, si nous étions infectés ?

— Chose certaine, en cas de dérapage, il ne nous laisserait pas sortir d'ici vivants.

Axel pose les fesses sur le bord de son lit. Il pose les mains de chaque côté de lui, les paumes vers le haut, trahissant son sentiment d'impuissance. Sa voix tremble lorsqu'il exprime le fond de sa pensée.

— Je viens seulement de réaliser que je ne reviendrai peut-être jamais à la maison.

— Ne sois pas dramatique. Nous n'en sommes pas rendus là.

— Comment ils l'ont chopé, ce virus, nos amis du Nord ?

— Pour l'instant, je n'ai aucune hypothèse à formuler.

— Je pense qu'il se propage dans l'air. Aucun cas n'a été rapporté chez les animaux. Cette petite communauté, recluse, vivait en parfaite autarcie. Pratiquement pas d'échanges avec le reste du monde. Il y a aussi le fait que tous les intervenants qui sont venus ici, avant nous, sont morts. Tous ceux qui ont contribué à prélever les échantillons ont été infectés. Aucun d'entre eux n'a survécu. Ils ont pourtant dû prendre de multiples précautions. Ils n'ont certainement pas bu l'eau de la place et encore moins mangé local. Il faut que ce soit dans l'air.

— T'as raison, mais je ne néglige pas les autres options pour autant. Voilà pourquoi nous devons rester sur nos gardes et respecter les protocoles de sécurité.

— Et Wilbrod est là pour nous le rappeler.

Patrick ne répond rien à cela. Il voit bien que son ami n'est pas dans son état normal. Il parle sans doute sur le coup de la fatigue. Axel peine à garder les yeux ouverts. Il s'allonge sur son lit et sombre aussitôt dans un sommeil profond. Patrick a le temps de l'entendre ronfler avant de s'endormir à son tour.

Au milieu de la nuit, un bruissement sourd tire Patrick de ses rêves troublés. Ça provient de l'intérieur de la pièce. Axel est assis sur le bord de son lit. Il se tient la tête à deux mains, étouffant de longs gémissements. Patrick ouvre la lumière pour constater que son ami a le teint pâle et qu'il sue à grosses gouttes.

— Ça ne va pas ? demande Patrick.

— Je crois que j'ai attrapé cette saloperie.

— Ça reste à voir. Ça peut être n'importe quel autre type d'infection.

— Je ne me sens pas bien du tout.

— Je vais aller chercher Sonia. Elle est là pour ça. Nous allons prendre un nouvel échantillon de ton sang. Tu saisis ce que je te dis ?

Axel hoche la tête en guise de réponse. Il peine à respirer.

Sonia se joint à eux, vêtue d'une blouse de protection. Elle porte également un masque, des lunettes et des gants. Elle ouvre sa trousse de soins et y pige une seringue. Axel a commencé à tousser bruyamment. Elle attend quelques minutes qu'il s'apaise pour réussir à le piquer sans danger. Elle remet ensuite la fiole à Patrick qui se dirige vers son coin labo pour procéder à des analyses. Sonia ressort de la chambre, se déleste de sa trousse sur le coin de la table de cuisine et se dirige vers la pharmacie.

Wilbrod s'approche de Sonia pour lui parler.

— Quel est son état ?

— Il est fiévreux. Il doit se reposer. Je lui rapporte des médicaments contre la fièvre et un sirop antitussif, ça devrait calmer ses symptômes.

— Refilez-lui vos médocs et dites-lui de rester couché dans sa chambre tant qu'il aura de la fièvre. Je ne veux pas le voir se mêler aux autres.

— Vous exagérez, il pourra au moins se rendre aux toilettes.

— Il ira à la pointe de mon arme. Autrement, il peut se pisser ou se chier dessus, ça ne me dérange pas.

— Il n'est pas dangereux, tout de même.

— Selon ce que j'ai lu dans les rapports d'autopsie, les personnes infectées se seraient entretuées avant de mourir. Les corps des derniers survivants ont été retrouvés, le crâne défoncé, victimes de blessures auto-infligées. Je pense que ça répond à votre question.

Wilbrod prend une petite pause attendant une quelconque approbation. Sonia se contente d'écouter la suite.

— S'il souffre de cette étrange maladie, ce type deviendra agressif et représentera une menace pour lui-même ou pour les autres. Nous devons donc le maintenir isolé du reste du groupe, sans compter qu'il risque d'être hautement contagieux.

— Je comprends, répond finalement Sonia d'un ton résigné. Je vais lui faire le message.

Sonia entrouvre la porte pour remettre à Axel une bouteille de sirop, des comprimés analgésiques et une bouteille d'eau. Celui-ci s'énerve en voyant qu'il ne peut pas sortir. Wilbrod, derrière elle, a déjà dégainé son arme, prêt à faire feu. Axel tente malgré tout de sortir. Il saisit le bras de Sonia et la pousse avec force. Wilbrod intervient pour l'empêcher de chuter. Axel se jette maintenant sur Wilbrod qui fait feu sur lui pour le ralentir. Axel ne semble pas remarquer qu'il a été touché à l'épaule et continue de s'en prendre à Wilbrod. Il attrape un outil chirurgical dans la trousse de soins que Sonia avait laissée ouverte sur le coin de la table. Il réussit à piquer Wilbrod à l'abdomen avec des ciseaux pointus. Wilbrod fait feu à nouveau et rate la cible, ce coup-ci.

Axel en profite pour le frapper à la tête. Wilbrod s'effondre pour s'étendre de tout son long près de son poste de garde.

Ameuté par le boucan, Patrick sort de son labo. Il aperçoit Wilbrod allongé par terre.

— Que se passe-t-il ?

— Tu ne remarques rien ? beugle Axel avec rage, déclenchant une nouvelle quinte de toux.

Patrick regarde le sang qui coule des plaies de Wilbrod et s'étonne de la couleur du liquide aux reflets bleutés.

— C'est la première fois que je vois ça.

— C'en est un... Vous savez, ces trucs mi-humain mi-machine.

— En effet, il s'agit bel et bien d'un cyborg, déclare Sonia.

Elle s'approche de Wilbrod pour lui porter secours. Elle l'aide à se redresser. Il est affaibli, mais toujours opérationnel.

— Tu peux faire quelque chose pour lui ? s'inquiète Patrick.

— Même si je connais les principes de base de ces êtres hybrides, je n'en ai jamais encore soigné. Le problème, c'est que les technologies évoluent rapidement et qu'on ne sait jamais vraiment à quelle version on a affaire. Ce qui est sûr, c'est que les dommages sont importants sur celui-là. En cautérisant ses plaies, je limiterai les dégâts. Il arrêtera de saigner.

En disant cela, elle s'approche de Wilbrod avec sa trousse de premiers soins.

— Vous n'allez rien faire du tout, interjette Axel. Laissez-le crever. Occupez-vous de moi, avant.

Axel ouvre sa chemise pour exhiber sa blessure.

— Tu as raison, déclare-t-elle.

Elle s'avance pour l'ausculter.

— La balle a traversé l'épaule. Étant donné que tu ne présentes pas de problèmes de mobilité, je ne pense pas que le projectile ait atteint les os ou les articulations. On peut dire que tu as eu de la veine, sur ce coup-là.

Elle sourit de sa remarque.

— On peut dire ça ainsi, je crois.

Axel lui rend son sourire avant de grimacer de douleur. Sonia éponge sa poitrine avec une gaze imbibée de liquide désinfectant. Elle répète l'opération dans son dos et appose des pansements sur ses plaies.

— Tu dois te reposer maintenant. La montée d'adrénaline a diminué les effets de la fièvre, mais elle devrait revenir te hanter dans les prochaines heures.

— Non, je préfère rester debout pour voir crever celui-là.

Sonia, qui a commencé à prendre soin d'Axel, l'empêche de se lever pendant que Patrick s'approche de Wilbrod.

— Il respire encore, commente-t-il. On doit l'aider.

Ayant fini de panser la blessure d'Axel, Sonia se dirige vers eux pour soigner Wilbrod.

Axel récupère l'arme de Wilbrod et la pointe dans sa direction.

— Tu ne vas rien faire faire pour lui, lance-t-il.

— Tu divagues, Axel, lance Sonia. C'est la fièvre qui cause ton délire. Tu devrais suivre mon conseil et te reposer un peu.

— Vous ne comprenez donc rien. Ce sont les Américains qui nous ont foutu dans la merde. Ils sont responsables de la propagation de ce virus.

Nous sommes là pour couvrir leur boulette. Ce n'est pas pour rien qu'ils ont envoyé une machine pour nous surveiller et, au besoin, nous éliminer.

— C'est vrai, lance Wilbrod d'une voix faible. Si je meurs, vous n'arriverez jamais à sortir d'ici. Je suis le seul à connaître la combinaison pour activer cette porte.

Il pointe en direction d'un cadran qui contrôle l'accès au bâtiment.

— Nous allons forcer cette foutue serrure, rage Axel.

— Vous n'êtes pas équipés pour briser les verrous. Vous devrez impérativement actionner le code.

— Les autorités ne vont pas nous laisser mourir ici, déclare Patrick, confiant. Ça ferait un scandale.

— Rappelez-vous, cette mission est top secrète. Même vos familles ne savent pas où vous vous trouvez. Selon les papiers officiels, vous avez rejoint une équipe d'intervenants médicaux pour étudier une épidémie de tuberculose dans le Grand Nord du Québec. Les autres sont déjà morts et leurs corps ont été entreposés tout près d'ici dans un contenant réfrigéré. Un incinérateur vient d'être installé. Vous serez brûlés avec eux. Un communiqué de presse stipulera que l'avion qui devait vous ramener à la maison a été porté disparu et que les efforts pour retrouver vos corps ont été vains. Personne ne doit être informé de l'existence de ce nouveau virus.

— Penser à sortir dans ce cas ne sert à rien, déplore Patrick. Axel a raison, nous participons à une mission suicide.

— Voyez ça plutôt comme un courageux sacrifice pour le bien commun. En poursuivant vos recherches, vous contribuerez à sauver des milliers de vies et vous éviterez que d'autres scientifiques subissent un sort semblable au vôtre.

Le visage d'Axel s'est empourpré. Des veines saillantes apparaissent sur son front et dans son cou. Tout son corps, tendu, tremble. Une écume blanche s'échappe de ses lèvres et coule sur son menton. Ses yeux exorbités dévisagent Wilbrod. Il pointe son arme dans sa direction et lui tire une balle dans la tête. Son crâne ouvert laisse entrevoir un mélange de circuits électroniques et de tissus organiques. Le cyborg ne donne plus aucun signe de vie.

— Qu'as-tu fait là ? hurle Sonia. On n'a maintenant plus aucune chance de s'en sortir.

Axel ne répond pas. Il se tape sur la tête avec la crosse de son révolver. Il finit par crouler sous la violence des coups. Une fois au sol, Patrick en profite pour ramasser l'arme. Il la pointe vers Sonia qui transpire à grosses gouttes. Elle a les yeux rougis et le regard hargneux. Sa bouche forme un rictus inquiétant et un grognement sourd émerge de sa gorge. Elle s'élance sur Patrick pour le frapper. Ce dernier fait feu dans sa direction. Le coup l'atteint en plein cœur et elle tombe raide morte au plancher.

Patrick pose le pistolet dans sa ceinture. Il se dirige vers le sas et y pénètre. Il enfile son équipement de protection personnel et pénètre dans son laboratoire.

Il sort du congélateur un des prélèvements qu'il y a placés la veille. Il commence à découper son échantillon et en étale une portion sur une lamelle. Il balance le reste dans un autoclave. Il observera plus tard comment ces organismes vivants résistent à des écarts de température extrêmes.

Il s'approche de son espace de travail pour y contempler la bête qui pourrait causer la perte de l'humanité. Il constate à travers la lunette de son microscope que l'épisode de gel ne semble pas du tout avoir incommodé ces petits serpents, aussi vigoureux que tous les autres candidats qu'il a observés auparavant. En les voyant s'extirper du cœur des autres cellules, il comprend comment ils ont survécu. Ils se sont mis à l'abri pour se protéger du froid.

Dépité, Patrick recule sa chaise. Il a besoin d'encouragement. Il glisse vers lui la photo de son futur enfant. Il se morfond à l'idée qu'il n'aura pas la chance de le voir venir au monde. Il lui reste l'espoir que son fils survivra à cette calamité et qu'il sera appelé à créer une nouvelle humanité. L'espérance, c'est tout ce qui lui reste.

Patrick voudrait pourtant lui léguer quelque chose, lui envoyer un message. Il contemple en silence l'image de ce fœtus anonyme. Comment peut-il communiquer avec lui sans même lui avoir donné un nom ? Il attrape un crayon et note au bas de l'image, en lettre capitale : NOAH.

tant bien que mal

Ben Morris

DANS LE FUTILE espoir de conjurer son destin, l'homme enfonce son pieu si profond et avec tant d'ardeur que la terre tressaille sous ses pieds. Les soubresauts qu'il provoque donnent l'impression qu'une bête s'apprête à surgir d'outre-tombe pour l'emporter dans un autre monde. Ce qui, en somme, serait pour lui un moindre mal. Il déballe ensuite un ballot de clôtures barbelées qu'il fixe avec des agrafes entre les poteaux qu'il vient de planter. Il y accroche finalement un écriteau avec l'inscription : « Propriété privée – Défense de passer ». Puis il rentre chez lui satisfait, mais pas dupe. Cette barrière n'empêchera pas les curieux et autres emmerdeurs de troubler sa quiétude. Il devra se résigner à vivre tant bien que mal avec cette damnation.

Ses malheurs ont commencé il y a dix-sept ans environ. Il ne s'en souvient plus exactement. Il a cessé de compter depuis belle lurette. De toute façon, le nombre d'années importe peu, pas plus que le cumul des morts dont il se prétend responsable et encore moins la liste des calamités dont il s'attribue la faute. Il habite sur une fermette à flanc de montagne. Ses contacts avec la civilisation sont limités et il ne voit que très peu de gens. Il ne descend jamais au village, de peur d'y croiser des inconnus. Il vit pratiquement en autarcie sur son lopin de terre. Il commande ce dont il a besoin par téléphone auprès du marchand général qu'il connait depuis qu'il est môme. Il insiste pour qu'on lui envoie toujours le même livreur. Un type avec lequel il a fréquenté l'école maternelle.

En rentrant à la maison, il se prépare un thé. Un rituel qu'il répète tous les jours après ses corvées matinales. Il s'installe à la table de cuisine pour fureter sur les sites de nouvelles du monde entier. Il y décèle chaque fois de quoi le satisfaire. Rien en lien avec la politique ou avec tout autre déboire de la planète. Il se concentre sur les faits divers et porte une attention particulière aux affaires criminelles. Les homicides et les tueries de masse représentent ses objets de prédilection. Il ne dédaigne pas non plus les accidents de la route, les incidents ferroviaires ou les crashs aériens. Il recense aussi toutes les catastrophes naturelles qu'il peut trouver. Tout l'intéresse, pourvu qu'il y ait des morts. Il note le nom des victimes et tente de voir le lien qui le relie à chacune d'elles. Cet exercice, devenu plus qu'une routine, s'est peu à peu transformé en une véritable obsession. Sur une base régulière, il y repère le nom de personnes qu'il a côtoyées. Il termine sa revue de l'actualité en reluquant du côté des rubriques nécrologiques. Il n'a pas à chercher très longtemps pour y dénicher des noms familiers. Quand il pousse plus avant ses investigations, il constate que la plupart des décès sont rarement attribuables à une cause naturelle.

Aujourd'hui, il se morfond sur le sort de Jocelyne Jonca, une agente immobilière venue le visiter, il y a moins de six jours. La dame a été écrasée contre un mur par un chariot élévateur dans un entrepôt désaffecté dont elle avait la charge. Alors qu'il se tient la tête entre les deux mains et qu'il tente de refouler le sentiment de dégoût qui l'habite, on sonne à la porte.

Il attend avant d'aller répondre. La sonnerie reprend de plus belle. Il patiente encore quelques instants, en espérant que l'importun visiteur se décourage. Peine perdue. On martèle maintenant solidement contre le battant. Il se résigne à ouvrir.

Un homme dans la cinquantaine portant un uniforme de police se tient debout sur le porche. Le type est immense et sa carrure bloque la lumière du jour qui filtre autour de sa silhouette en longs filaments dorés.

— Monsieur Jean-Luc Sabourin ?

— Moi-même, en personne.

— Je suis le sergent détective Sanschagrin de la Sûreté du Québec.

— Je sais qui vous êtes et ce que vous venez faire ici. Je vais répondre à toutes vos questions. Vous pourrez ainsi repartir en paix.

L'enquêteur ne porte pas attention à sa remarque. Il enlève sa casquette et accepte l'invitation de son hôte de s'installer autour de la table de cuisine. Une fois attablé, il sort de la poche de sa veste un stylo bille et un carnet de notes qu'il ouvre soigneusement en pressant la tranche avec le revers de sa main pour le maintenir ouvert. Il teste ensuite le bon fonctionnement de son stylo en faisant tournoyer la pointe sur une feuille jusqu'à ce que l'encre coule sur le papier. Avant de lancer le début de son interrogatoire, il inscrit, en haut d'une page, la date du jour et le nom de son témoin.

— Depuis combien de temps résidez-vous ici ?

— Je suis de Dégelis. J'y suis né et j'y ai grandi. J'y ai vécu toute ma vie. Je n'en suis même jamais sorti. J'habite, depuis quarante-cinq ans et des poussières, la maison qui m'a vu naître. J'en ai hérité à la mort de mon père et de mon frère, il y a de cela une bonne vingtaine d'années. Les pauvres ont sombré dans le lac lorsque leur chaloupe a chaviré.

— Vous vivez seul ici depuis ce temps ?

— Non, j'ai été marié, mais aujourd'hui, je suis veuf. Mon épouse est décédée quelques mois après notre union.

— Comment est-elle morte ?

— Un suicide ou un accident, je ne saurais dire. En tout cas, elle s'est fait sauter la cervelle avec mon fusil de chasse. Elle était assise juste là où vous vous trouvez.

Jean-Luc regarde au plafond où l'on aperçoit encore une tache sombre entourée d'un nuage de petits trous. Le détective lève les yeux à son tour pour observer le triste tableau.

— Je suis désolé d'apprendre ça, répond-il.

— Comme vous le voyez, je porte malheur à tous ceux que je côtoie.

— Pourquoi dites-vous ça ?

— Les morts se multiplient autour de moi. Je n'y peux rien, c'est comme ça. Je rencontre quelqu'un et, quelque temps après, cette personne décède.

— Que voulez-vous dire, exactement ?

— Je vous donne un exemple…

Jean-Luc tourne son ordinateur vers le sergent Sanschagrin. On peut y lire un article de journal qui relate la fin tragique de l'agente immobilière Jocelyne Jonca.

— Elle est venue ici la semaine dernière. Elle représente un important promoteur immobilier qui veut développer la montagne, construire des condos et autres conneries du genre… Je l'ai envoyée paître et aujourd'hui, elle repose six pieds sous terre.

Le policier consulte l'article. Jean-Luc y ajoute quelques informations.

— Son corps a été écrabouillé contre une poutrelle d'acier. Ses organes internes se sont mélangés et son cœur a éclaté sous la pression.

— Comment connaissez-vous tous ces détails ? Avez-vous eu accès au rapport d'autopsie ?

— Non, j'ai tout vu.

— Vous étiez présent lors de l'accident ?

— C'est tout comme. J'ai des visions très réalistes de ce qui s'est passé. Je vois la scène se dérouler sous mes yeux. Quelques fois en temps réel, mais la plupart du temps, après coup. J'ai ainsi emmagasiné dans ma mémoire quelques dizaines de ces fins tragiques.

— Vous pouvez très bien avoir imaginé tout ça.

— C'est possible. Je ne saurais dire.

— Quoi qu'il en soit, ce n'est pas la raison de ma visite aujourd'hui. Je suis ici pour le petit Thomas Bastien qui a été retrouvé mort sur votre propriété. L'avez-vous déjà rencontré ?

— Il fait partie de ces gosses qui prennent plaisir à venir m'embêter. J'essaie par tous les moyens d'empêcher ces gamins d'approcher de chez moi, mais ils obéissent à une pulsion irrésistible. Une force mystérieuse les attire ici.

— Que faisiez-vous, mercredi dernier en matinée ?

— Je faisais ce que je fais tous les matins. Je recensais mes crimes.

— Que voulez-vous dire ?

— Je vous l'ai déjà dit. Je rencontre quelqu'un et il meurt peu de temps après. C'est une fatalité. Je cherche son nom dans les médias. Il y apparaît toujours.

— Bon ! Revenons-en au fait, si vous le voulez bien. Cette journée-là, avez-vous rencontré Thomas Bastien ?

— Je peux seulement vous confirmer que je suis responsable de sa mort.

— Vous l'avez tué ?

— C'est exact.

Le policier devient tout à coup tendu. Il se penche au-dessus de son calepin et s'assure de tout bien noter.

— Pourriez-vous me donner des précisions sur la façon dont ça s'est produit ?

— J'ai un tempérament plutôt asocial. Les jeunes ont peur de moi. Thomas Bastien ne fait pas exception à la règle. Lui et ses copains viennent souvent rôder autour de ma ferme. Ce jour-là, je l'ai senti approcher de chez moi. Comme d'habitude, il n'était pas seul, mais les autres ont déguerpi quand ils m'ont entendu sortir de la maison. Lui, plus téméraire, est resté pour me défier. Il est monté dans un arbre pour se cacher. Il ne pensait pas que je le repérerais aussi facilement. Il était loin de se douter que je suis doté d'un sixième sens. Je lui ai ordonné de redescendre. C'est là qu'il est tombé. Il s'est brisé le cou en atterrissant.

— En voyant son état, vous n'avez pas cru bon de lui venir en aide ? Vous auriez dû au moins appeler les secours.

— Je ne voulais pas avoir affaire aux premiers répondants et encore moins à la police.

— En soi, cela constitue un acte criminel. Je vais devoir vous arrêter pour ça.

— Vous ne connaissez pas toute l'histoire.

— Et qu'est-ce que je devrais savoir, encore ?

Vous avez d'autres squelettes dans le placard, peut-être.

— En effet, j'en ai plein.

— Je commence à croire que vous êtes un fabulateur et que vous me menez en bateau avec vos bobards. Vous dites ces choses uniquement pour vous rendre intéressant. Vous manquez vraiment d'attention à ce point ? Vous me faites perdre mon temps.

En disant cela, l'officier recule sa chaise comme s'il s'apprêtait à repartir.

— Je n'invente pas ces morts. Ils viennent et reviennent à moi.

— Vous me perdez, là.

— Je comprends votre désarroi. Je peine encore à accepter cet état de fait. Je tue tous ceux que je croise. Du moins ceux qui osent se présenter chez moi.

— Serait-ce une menace à mon endroit ?

Le policier dépose son crayon et glisse sa main sur la crosse de son arme. Il défait le bouton de sûreté de son étui, dégaine son pistolet et le pointe vers Jean-Luc.

Celui-ci demeure impassible et sourit en regardant l'agent Sanschagrin.

— Rassurez-vous ! Je ne peux rien contre vous ni pour vous, d'ailleurs.

— J'en ai assez entendu. Vous allez m'accompagner au poste pour y faire une déclaration. Je vous conseille de contacter un avocat.

Jean-Luc continue de le fixer en souriant.

L'enquêteur croit que son témoin ne semble pas comprendre la gravité de la situation.

— Monsieur Sabourin, avez-vous déjà souffert de troubles psychotiques dans le passé ?

— C'est possible. Je n'ai jamais consulté pour ça.

— Je vais vous demander de me suivre de votre plein gré. Ça nous facilitera les choses.

— Je regrette de vous décevoir, mais je n'irai nulle part avec vous.

— Ne m'obligez pas à faire usage de la force.

— Vous commencez à me faire pitié.

— Pardon ?

— Vous ne vous souvenez donc de rien ?

— À quoi faites-vous référence ?

— Vous êtes venu ici la semaine dernière et vous m'avez sensiblement posé les mêmes questions.

— C'est la première fois que je viens ici, rétorque le détective sur un ton sans équivoque.

Jean-Luc de son côté consulte son ordinateur. Puis il lui montre le fruit de ses recherches.

— Qu'est-ce que c'est que cette blague ? lance-t-il, offusqué.

Jean-Luc reprend le contrôle de son ordinateur.

— Je vous fais la lecture, si vous le souhaitez.

Le policier le regarde, interloqué.

Jean-Luc commence.

— C'est avec grande tristesse que nous apprenons ce matin le décès du sergent détective Eugène Sanschagrin qui a péri dans un accident de la route…

— J'ai compris. J'ai lu ça. Il s'agit d'une application qui génère de fausses nouvelles, c'est ça ?

— Je suis navré pour vous, mais ce n'est pas le cas. Tout ce que relate cet article est vrai.

— Et comment expliquez-vous le fait que je me retrouve ici ?

— Disons que c'est assez fréquent que je reçoive la visite de l'une de mes victimes. La plupart d'entre elles mettent un certain temps avant d'accepter leur nouvel état. J'ignore les raisons pour lesquelles certaines personnes reviennent vers moi. J'imagine que, d'une façon ou d'une autre, elles comprennent que je suis responsable de leur sort et cherchent des explications. Au début, je ne savais pas trop comment réagir. Maintenant, j'essaie de rester calme et de les guider vers la sortie.

— Je suis pourtant là et bien vivant.

L'officier cogne sur la table en laissant résonner le bois avant de poursuivre.

— Je sais que c'est troublant. Je ne prétends pas comprendre ce qui se passe, loin de là. Je m'y habitue, c'est tout.

— Comment suis-je arrivé ici, alors ?

— Je ne saurais vous le dire exactement.

L'enquêteur se lève pour regarder par la fenêtre.

— Où se trouve mon véhicule de service ? Vous êtes un voleur et un receleur, c'est ça ?

— Essayez plutôt de vous remémorer votre journée.

L'air songeur, le policier se rassoit.

— Comment s'est déroulée votre matinée ?

Le colosse appuie ses coudes sur la table et pose sa tête entre ses deux mains.

— Que voyez-vous ?

Alors que l'agent est submergé de sanglots, ses épaules commencent à tressauter.

Jean-Luc répète sa question.

L'enquêteur répond finalement d'une voix éteinte.

— Rien, je ne vois rien…

malaise et falaise

Lou Benedict

EXALTÉE, pieds nus dans la pelouse, Prudence Camirand ralentit la cadence, recharge ses prunelles à même l'azur et rend justice à sa décision d'une pause en murmurant « Il faut croire au ciel ».

Elle vise un lourd cumulus, elle en fait la gomme qui estompe ce vol d'une journée en marge de son doux Léon. Son bambin avait si hâte d'aller chez le voisin, pour son premier pyjama-party, qu'il a oublié que sa maman prend congé, pour aller dormir sous un autre toit.

Quel calcul d'avoir eu un premier enfant, seule, à 45 ans. Mais dans quelques semaines, la retraite hâtive de son bail dans la police fera d'elle une mère à temps plein pour la rentrée de fiston à la petite école. Elle aura eu raison.

Le seul relent de pèlerinage qu'elle autorise à son séjour au Cénacle de Cacouna est l'incursion vers le temps béni du jeu pour le jeu. Cela commence avec l'escalier d'aluminium de la falaise à la grève, une descente de 178 marches avec huit paliers, consacré aux Béatitudes et aux dons de l'Esprit saint.

Les phlox tantôt roses et tantôt blancs, plantés à l'entrée, ondulent leur invitation à la descente. L'horizon liquide promet aux chevilles et aux mollets son frisson, lors du baptême de l'été.

1, 2, 3, 4…

La plante de ses pieds chatouille au contact du grillage de surface. Au premier palier, un duo d'écriteau ouvre un vieux pli d'obéissance dans ses souvenirs. « Bienheureux, les épris de justice. Don de sagesse : fruit de la joie »

Oui, bon, je savais ça par cœur à ma Confirmation, je crois.

25, 26, 27, 28…

Le second palier, à l'ombre, soulage la peau. « Bienheureux, artisans de paix (…) Don d'affection filiale : fruit de l'amour. »

Tiens, les rejets d'érable s'évadent de l'écorce et grandissent à l'équerre. Quel miracle aussi, ces pousses à la surface de la falaise, une trace de terre fait croire aux samares qu'elles ont un destin d'érable.

49, 50, 51, 52…

Le grillage des marches scintille et devient brûlant. Le banc du palier lui permet de vérifier les marques braisées qu'elle imagine sous ses pieds. « Bienheureux, âmes de pauvre (…). Don de piété : fruit de la paix. »

Wow, les phlox sont plus abondants, les tiges ont tendu le cou à travers les losanges du grillage avant d'éclore en toute innocence.

73, 74, 75, 76…

Le parcours en grillage irrite la peau à la longue, elle pose les fesses sur le banc et décide de descendre au prochain palier sur la pointe des pieds. « Bienheureux les cœurs purs (…). Don d'intelligence : fruit de la persévérance. »

Ouf ! L'intelligence peut mener aux crimes les plus noirs, j'vous en passe un papier. Là, pour le moment, je salue la vigne vierge qui embrasse l'escalier, y a pas plus persévérant que le lierre.

97, 98, 99, 100…

C'était stupide de partir pieds nus, sans la peau calleuse d'une fin de vacances. « Bienheureux, persécutés de justice (…). Don de science : fruit de la douceur. »

Tiens, l'air du large m'annonce les rosiers sauvages, quelle haie d'honneur sur la berge.

122, 123, 124, 125…

En parallèle de la berge lui apparaît un potager bien dessiné, dressé pour servir. « Bienheureux les affligés. Don de piété : fruit de la paix. »

Destinées à la hauteur, les pousses d'érables se faufilent dans les ouvertures du grillage et leurs feuilles neuves offrent un tapis caressant au palier.

147, 148, 149, 150…

Le fleuve l'appelle, elle se jure de ne pas protester au contact de l'eau froide. « Bienheureux les miséricordieux. Don de force : fruit de la patience. »

Youppi, il me reste moins de 20 marches avant de courir dans le sable ! Les fougères se font bouquets, elles aiment tant l'humidité.

162, 163, 164, 165…

La croix géante portant un Jésus à hauteur d'homme choque le coup d'œil, la plage ne mérite pas un tel pieu. « Bienheureux, les affligés. Don de conseil : fruit de la bienveillance. »

Tous les goûts sont dans la nature, ma foi ! Environ sept marches et c'est le plancher des vaches… Il y a encore des phlox, des fougères et… une casquette de bambin bleue à demi cachée ?

Le cœur en chamade, Prudence déboule.

172, 173, 174, 175, 176, 177, 178.

« Bienheureux… les doux. Car ils posséderont la terre. »

Tu parles !

Elle s'agenouille devant la casquette, prend une photo d'ensemble avec son cellulaire. Elle cueille une fougère pour tirer le petit chapeau sans contaminer l'objet, calé par un pas lourd, dont l'empreinte est plutôt large.

Révoltée, Prudence grimpe l'escalier, son cœur ordonne de ralentir la cadence. Ses poumons rechargent l'oxygène pour dompter la montée de cortisol. Au premier palier, elle avise le Crucifié grandeur nature, bien planté, aveugle à la cruauté du monde. Elle avait si hâte de fouler la grève et de prendre son premier bain de pieds, qu'elle a oublié que le Mal ne prend pas congé, il se moque même des lieux saints.

Quel soulagement d'admettre que l'enquête ne lui appartient pas. Mais elle rapportera la malheureuse casquette, cela fera d'elle un témoin dans l'affaire. Ce rôle sera un premier apprivoisement dans la pause de son métier policier. Elle a bien raisonné.

La seule lâcheté qu'elle s'autorise est de ne pas habiter l'uniforme vis-à-vis la maman qui cherchera sa brebis égarée et exigera la tête du loup. Ça commence par ne pas la laisser se culpabiliser.

Merde ! Mais où était-elle, cette mère ? Et si cette dernière avait confié son gamin au voisin, sans vérifier ses antécédents ? Et si...

Prudence frémit en pensant à Léon, sans sa protection. Saura-t-elle prendre une pause de la guerre aux malheurs ?

Son cœur est lourd, la casquette égarée a pourri la mélopée d'Eddy Marnay qu'elle vouait à la plage, cette frontière floutée du quotidien :

> *C'était le temps des fleurs*
> *On ignorait la peur*
> *Les lendemains avaient un goût*
> > *de miel*
>
> *Ton bras prenait mon bras*
> *Ta voix suivait ma voix*
> *On était jeune et l'on croyait*
> > *au ciel*

10 /
libéré du mal

Ben Morris

AU CŒUR du Jardin botanique de Montréal, un homme s'abandonne à une méditation de pleine conscience, sans se douter que la paisible cathédrale de verdure qui l'accueille deviendra sous peu le théâtre de son destin tragique.

L'ambiance sereine du lieu ne présage pourtant rien de mauvais et l'homme, assis sur son banc de parc, profite en toute quiétude de l'été qui s'étire. Les rayons du soleil à son zénith lui chauffent la peau et l'enveloppent d'un sentiment de bien-être. Les peupliers en rangée qui bordent la petite clairière où il s'est installé s'érigent en rempart contre un monde extérieur parfois hostile. Au pied de ces sentinelles rassurantes, un parterre parsemé de bosquets de rosiers procure au site un caractère bucolique. Pour ajouter à son bonheur, le doux parfum des fleurs qui embaume l'air contamine son esprit de souvenirs heureux. Malgré tous ses attraits, le refuge qu'il fréquente depuis quelques semaines n'est pas très achalandé. Un site de prédilection pour se recentrer sur soi, en toute quiétude, sans distraction.

Bien qu'il connaisse ce coin de paradis depuis des années, ce n'est que tout récemment que Gérard Manseau a ressenti le besoin de s'y rendre afin de s'y ressourcer. Il a développé cette habitude dans le but de prendre du recul face à la pléthore de problèmes qui l'accablent. Des problèmes financiers surtout, mais pas uniquement. Il a traité avec les mauvaises personnes, de mauvaises personnes. Aujourd'hui, son passé le rattrape et son esprit, si absorbé à faire le vide, ignore la menace qui rôde aux alentours.

Derrière lui, la silhouette d'un homme se dessine et se glisse dans son dos comme une ombre. L'individu contourne son banc pour passer devant lui en empruntant le sentier qui sillonne le parc. Le crépitement du gravier extirpe Gérard de ses réflexions. Il lève la tête pour réaliser que quelqu'un s'est posté devant lui. Il ne reconnait pas le bonhomme, mais comprend que ça n'annonce rien de bon. Le type de bonne stature pointe une arme de poing dans sa direction. Un pistolet équipé d'un silencieux. Pétrifié, Gérard n'arrive qu'à balbutier une timide question.

— Qui êtes-vous ?

L'inconnu lui répond sur un ton laconique.

— Je suis votre libérateur.

ANTOINE ÉCARTE de ses oreilles le casque d'écoute qui lui sert à communiquer avec sa cliente. Depuis quelques minutes déjà, la dame hausse le ton de manière persistante afin de signifier son insatisfaction.

— Ce n'est pas la couleur promise. Je suis très déçue.

— Je comprends, madame Sylvestre. Je vais tenter de régler ça pour vous.

— J'exige que vous repreniez les travaux sans délai.

— Laissez-moi quelques minutes afin que je parle à mon superviseur.

— Vous n'êtes qu'une bande d'incapables. Pourquoi devrais-je vous faire confiance ?

Après quelques minutes à encaisser quelques autres remarques acrimonieuses, Antoine arrive enfin à se dégager de l'appel afin de solliciter le soutien de son patron. C'est aussi un moyen de donner le temps à son interlocutrice de se calmer un peu.

En route vers le bureau de son supérieur, Antoine croise quelques-uns de ses collègues. Leurs regards fuyants en disent long sur leur lâcheté. Ils laissent depuis trop longtemps à Antoine le soin de gérer les cas difficiles. Et, à ce chapitre, madame Sylvestre remporte la palme haut la main. Elle se déclare rarement satisfaite des services qu'elle reçoit. Pour ajouter au supplice, son caractère imbuvable jouxte une exceptionnelle ingratitude. Quelle que soit la qualité du soutien qu'on lui donne, elle se fait un point d'honneur de gratifier le préposé qui lui a répondu d'un score médiocre au sondage de satisfaction. La bonne nouvelle, c'est que la dame fortunée représente une mine d'or pour leur entreprise de design d'intérieur. Car, malgré ses doléances, elle persiste à leur confier ses travaux de rénovation aussi nombreux que lucratifs.

Ensemble, Antoine et son chef d'équipe n'éprouvent aucune difficulté à trouver une solution adéquate aux requêtes de madame Sylvestre. Avant de repartir de son bureau, Antoine en profite pour solliciter une permission spéciale.

— J'aimerais terminer plus tôt cet après-midi.

— T'as des plans pour la fin de semaine ?

— Je pars pour un weekend à la campagne avec mon amoureux.

— Parlant de lui, tu ne nous l'as toujours pas présenté. Ça fait quand même six mois que vous vous fréquentez.

— Je ne veux rien forcer. Il est du genre très discret.

QUELQUES HEURES PLUS TARD, Antoine dévale, le cœur en fête, l'escalier qui mène au stationnement sous-terrain de sa tour à condos. Il porte un bagage léger qui ne contient que le strict minimum. Une trousse de soins personnels, un pyjama et quelques vêtements de rechange. Rien de bien sophistiqué. Il ne prévoit pas de sorties mondaines. D'ailleurs, ils ne sortent pas et ne voient jamais d'amis.

La Jaguar d'Antoine sillonne allègrement les routes du Nord qui mènent au chalet que Philippe a réservé pour eux. Ils vont s'y lover pendant deux jours avant de retourner chacun de leur côté à leur vie respective. Une entente qu'Antoine trouve de moins en moins satisfaisante. Il a d'ailleurs l'intention de lui en glisser un mot. Leur relation pourrait être tellement plus épanouissante s'ils sortaient ensemble et s'ils voyaient du monde. Pourquoi Philippe se montre-t-il aussi protecteur de son intimité ? A-t-il une autre vie ? Un autre amoureux ? Peut-être n'a-t-il pas fait son *coming out* et qu'il ne se sent pas prêt à assumer publiquement son homosexualité. Tout est possible. Rien pour mettre un terme à leur idylle, mais assez pour justifier une bonne discussion.

En arrivant à l'adresse que Philippe lui a donnée, Antoine est ébahi par la beauté des lieux. Une cabane en bois ronds aux dimensions impressionnantes surplombe un petit lac paisible. Aucun voisin aux alentours. Un réel coin d'éden, juste pour eux.

Antoine pousse la porte et une musique d'ambiance meuble l'atmosphère. Tout est parfait. Philippe, dans la cuisine, s'affaire déjà à mitonner un gueuleton des plus aphrodisiaques. La soirée promet d'être romantique et la nuit agitée.

— Coucou mon amour, c'est moi ! lance Antoine sur un ton tout guilleret.

Philippe, aux fourneaux, se contente de sourire en le regardant s'approcher. Antoine galope jusqu'à lui. Ils accrochent leurs lèvres pour un tendre baiser.

— Mets-toi à ton aise, répond Philippe en balayant l'intérieur d'un geste de la main.

Antoine se dirige vers la pièce qu'il a repérée comme étant leur chambre à coucher et s'y déleste de son bagage. Il trottine ensuite jusqu'au salon pour y rejoindre Philippe qui débouche une bouteille de chardonay de bonne cuvée.

— De bon goût, comme à l'accoutumée, lance Antoine en faisant miroiter sa coupe pour en apprécier la robe.

— Santé ! répond Philippe en soulevant la sienne.

Une heure s'écoule ensuite dans une bonhomie des plus parfaites. Antoine s'épanche sur les aléas de son travail de représentant au service à la clientèle chez Design Inn. Philippe le relance en parlant des absurdités qui caractérisent l'univers bureaucratique.

— Je comprends, d'après ce que tu racontes, que tu en connais un bail sur la vie de bureau, mais tu ne m'as toujours pas confié ce que tu faisais exactement comme métier. Tu es dans l'import-export à ce que tu m'as dit.

— En quelque sorte oui.

— Rien d'illégal, j'espère.

— Crois-moi, tu préfères ne pas savoir.

— Si, je préfère le savoir. J'insiste. Il est temps que tombent les masques. Je suis pour toi un livre ouvert alors que j'ignore qui tu es vraiment.

— Ça ne te suffit pas de m'avoir près de toi, en ce moment.

Philippe allonge son bras pour caresser l'épaule d'Antoine. Celui-ci redresse le dos et se raidit. Philippe se recule. Antoine reprend l'offensive.

— J'ai l'impression d'être en couple avec un fantôme.

— C'est peut-être le cas, lance Philippe en boutade.

— Très drôle, mais je ne suis pas d'humeur à rire. Pourquoi persistes-tu à me cacher ta réelle identité. Je ne sais même si Philippe Kairn est ton véritable nom.

— Tu veux que je te montre mon permis de conduire.

— Pourquoi pas ? Ce serait un début.

— En fait, j'aime mieux pas. Tu en profiterais pour noter mon adresse. Je ne peux pas prendre ce risque.

— J'ai tout de même le droit de connaître ton adresse. Qu'as-tu à cacher ? T'as un autre homme dans ta vie, c'est ça ?

— Le problème avec toi, c'est que tu es trop curieux… et trop bavard.

— Pardon ! C'est tout de même un minimum de savoir où tu habites et ce que tu fais dans la vie.

— Si je te le dis, je devrai te tuer après.

— Aha ! Quel farceur ! Je l'ai déjà entendue, cette répartie-là.

— Je ne plaisante pas.

— Quoi ! ? Tu vas me dire que tu es une espèce d'agent secret, un espion russe ou quoi encore ?

— Et si c'était le cas et que j'étais un agent secret, tu serais content d'apprendre ça ?

— Je te préviens. Ne me raconte pas n'importe quoi. Je déteste être mené en bateau.

— OK, tu as tout pigé. Je suis un agent secret, mais je ne peux pas t'en dire plus.

Antoine refuse la confrontation et change d'approche.

— Dis-moi seulement ce que je dois savoir.

— Et, qu'as-tu besoin de savoir ? lance Philippe en poussant un long soupir.

— Le nom de ton employeur, par exemple ?

— Top secret.

— Tu me niaises, tu ne peux même pas me dire ça !

— Tu en sais déjà trop.

— Comment ça ?

Antoine dévisage Philippe qui demeure immuable, le visage plaqué d'un sourire complaisant. Ce dernier rompt le contact visuel pour tirer la bouteille de vin de son seau refroidissant et remplir leurs coupes.

— C'est n'importe quoi ton affaire, reprend Antoine, excédé par l'attitude stoïque de son ami. Qu'est-ce que ça dérange que je sache pour qui tu travailles ? Ça ne va tout de même pas nous mettre en danger.

— Si, ça va nous mettre en danger. Tous les deux. Je suis même déjà allé trop loin.

— Comment ça, trop loin ?

— Tu connais mon existence et ton insistance à en apprendre davantage n'annonce rien de bon.

— C'est normal, ne trouves-tu pas ?

— Justement, et c'est ce qui m'inquiète. Je savais qu'un jour ou l'autre nous en arriverions là.

— Cette conversation ne mène nulle part. Je devrais peut-être repartir tout simplement.

Antoine se lève comme s'il était propulsé par un ressort. Philippe demeure impassible, bien calé dans son fauteuil.

— Assieds-toi d'abord, mon amour. Je vais tout te raconter. C'est promis.

UN POLICIER EXAMINE le corps inanimé de Gérard Manseau.

— Une balle en plein thorax, lance l'officier à Rodrigue Jean, le sergent détective délégué pour prendre en main l'enquête. Ce dernier gratte son calepin de notes dans le but de ranimer la pointe séchée de son crayon à bille.

— Un travail de pro, c'est indéniable, répond-il avant de lécher le bout de son stylo et de reprendre son griffonnage qui, cette fois-ci, laisse apparaître de fines lignes bleues sur sa feuille. Il y inscrit les détails de ce qu'il a observé depuis son arrivée.

Les techniciens en scène de crime entreprennent le prélèvement de divers échantillons sur le cadavre pendant que le médecin légiste confirme la mort de la victime.

Deux ambulanciers de la morgue ont déployé une civière et le sac noir qui servira à transporter la dépouille.

Le sergent détective s'adresse ensuite au médecin légiste.

— À quand remonte la mort d'après vous ?

— Quatre heures tout au plus. Le corps n'a pas commencé à raidir. J'en saurai plus au moment de l'autopsie.

L'enquêteur n'a pas d'autres questions pour le légiste, qui retraite aussitôt vers son véhicule, pressé de retourner à son laboratoire d'expertise médico-légale.

— Aucun témoin naturellement, lance le sergent en se tournant vers le policier.

— Personne, hormis celui qui a découvert le corps et qui a appelé les secours. C'est un employé du Jardin botanique. Il est un peu en état de choc. Il n'a pas grand-chose à raconter. Il a découvert le corps, il y a une heure environ. Il a tout de suite appelé le 911. Je suis le premier intervenant arrivé sur place. J'ai sécurisé la scène de crime et lui ai demandé de rester disponible pour nous d'ici la fin de la journée. Il est assis là.

Le policier pointe un type assis derrière le volant de sa voiturette de golf.

— Vous souhaitez lui parler ?

— Pas pour l'instant. Demandez-lui de passer au poste de police afin d'y faire une déclaration. Je l'interrogerai là-bas. Vous avez ses coordonnées ?

— Tout est noté ici, répond l'agent en tapant la poche de sa chemise où se trouve son calepin de notes. Je lui ferai le message en lui donnant les coordonnées du poste 13.

— Assurez-vous qu'il soit en mesure de conduire. Je ne veux pas provoquer davantage de dégâts.

L'enquêteur se gratte le crâne en observant la dépouille de Gérard Manseau. Il est fasciné par son visage qui, malgré les circonstances, affiche un air serein comme si on l'avait délesté d'un lourd fardeau.

ANTOINE REFUSE DE S'ASSEOIR.

— Je crois que je vais repartir. Je ne suis plus sûr de vouloir entendre ton histoire. Tu commences à m'inquiéter avec tous tes mystères.

En tentant de regagner sa chambre pour y récupérer son sac, Antoine titube et s'agrippe au dossier d'une chaise de cuisine.

— Je ne me sens pas bien. Je vais rentrer…

— Tu n'es pas en état de conduire. Tu as bu et puis…

— Et puis quoi ?

Philippe le regarde d'un air gêné.

— J'ai mis un léger sédatif dans ton verre.

— T'es fou ! ? Qu'est-ce qui t'as pris ?

— Je me doutais que tu allais t'agiter devant ce que je vais te raconter. J'ai voulu prévenir le coup.

— Laisse-moi repartir. Je vais loger au premier motel que je trouverai. Je ne veux pas rester ici une minute de plus.

En disant cela, il sent les mains fermes de Philippe l'agripper, le forçant à poser les fesses sur une chaise. Philippe est costaud et n'a aucune difficulté à maîtriser le frêle Antoine. Il sort ensuite une corde et commence à ligoter son copain en lui attachant les bras aux accoudoirs de sa chaise capitaine.

— Que comptes-tu faire de moi ?

— Tu voulais la vérité. Je vais tout te dévoiler.

— OK, je comprends. C'est un jeu sexuel : tu vas me faire des choses. Tu sais que j'aime ça hard mais là, je n'ai pas la tête à ça. Détache-moi, ce n'est pas drôle du tout.

— Ce n'est pas un jeu.

Philippe attrape une valise qu'il pose tout près sur la table.

— Tu avais raison. Je travaille pour une société secrète. J'accomplis des tâches pour eux. Dans leur jargon, je suis ce qu'ils appellent un éliminateur. Un tueur à gages, si tu préfères. Ils me fournissent un nom, je prépare et j'exécute cette personne, sans poser de questions. Ensuite, ils me paient cher pour le travail accompli. Voilà !

Antoine demeure bouche bée devant les déclarations de son ami.

— Qui t'engage ?

— Le nom de la compagnie n'a pas d'impor-tance. De toute façon, ils ne sont répertoriés nulle part. Pas même sur le *Dark Web*. Il n'y a pas plus anonyme. Tout fonctionne par le bouche-à-oreille. L'agence n'accepte de nouveaux clients que sur recommandation de leurs clients actuels. Pas d'exception.

— Tu fais ce métier depuis longtemps ?

— Dix ans.

— Que faisais-tu avant ?

— Policier pour la GRC pendant quatre ans. J'ai détesté ça. Avant, j'ai servi dans l'armée canadienne et j'ai participé à quelques missions en Afghanistan.

— Où habites-tu ?

— Tout près d'ici en fait. Quelques maisons plus loin sur la route.

— Nous aurions pu nous voir là-bas dans ce cas.

— Tu aurais sans doute noté mon adresse dans ton agenda, dans ton GPS, donc laissé une trace me reliant à toi. Je ne pouvais courir ce risque.

— Alors, Philippe Kairn, ce n'est pas ton vrai nom ?

— Je suis né Philippe Thorne, mais la compagnie m'a créé cette nouvelle identité, pour brouiller les pistes.

— Et moi : quelqu'un a mis un contrat sur ma tête ?

— Pas du tout, tu es trop gentil pour ça.

— Oui, mais tu veux quand même m'éliminer.

— Je n'ai pas d'autre choix. Si je ne le fais pas, ils vont s'en charger. Ils risquent de te torturer avant de te tuer pour connaître ce que tu sais à mon propos et au sujet de l'organisation. Tu dois mourir, mais je ne veux pas que tu souffres.

— Quelle délicate attention.

Philippe ouvre la valise sur la table. Elle renferme différents objets. Il en tire une seringue qu'il exhibe sous le nez d'Antoine.

— Je vais t'administrer cet anesthésiant. Avec une toute petite injection, tu vas t'endormir profondément. C'est du matos de vétérinaire très puissant. Il se peut même que ton cœur s'arrête de battre. Tu partiras en douceur, c'est promis.

Philippe dépose la seringue sur la table et sort de sa valise un couteau avec une lame de douze pouces.

— Pour m'assurer que tu ne te réveilles pas, je vais ensuite sectionner ton aorte en passant par là.

Philippe pointe un endroit précis entre ses côtes.

— Une hémorragie interne fera le reste.

— Dis-moi, qu'est-ce que je viens faire dans cette histoire ? Pourquoi suis-je mêlé à ça ?

— Tu es un accident de parcours. J'ai eu le béguin pour toi en faisant mes recherches dans le cadre de mon dernier mandat.

— Nous nous sommes rencontrés lors d'un vernissage dans une galerie de Montréal, n'est-ce pas ?

— C'est là que je suis tombé sous le charme dès que mon regard a croisé le tien. Ça ne devait pas se passer comme ça. J'ai commis une terrible erreur en commençant à te fréquenter.

— Qu'est-ce que tu faisais là ?

— Je me documentais sur mon prochain mandat.

— Il y a des chances que je connaisse ta dernière victime ?

— C'est ton ancien amoureux.

— Gérard ? Il ne lui est rien arrivé de mal, j'espère.

— Il est décédé aujourd'hui.

— C'est affreux. Comment est-il mort ?

— Une balle en plein cœur. Ce fut expéditif et sans douleur. C'est ma spécialité. Je planifie mes exécutions minutieusement. Ça fait six mois que je suis sur ce coup-là.

— Pourquoi lui ? Ce n'était qu'un artiste peintre, inoffensif.

— Il cachait lui aussi un secret gênant : c'était un joueur compulsif. Je crois que tu étais au courant de cette dépendance.

— Je sais. Je l'ai quitté en partie pour cette raison. Mais on ne tue pas quelqu'un à cause d'une assuétude aux jeux de hasard. Que s'est-il passé pour que vous en arriviez là ?

— Pour assouvir sa passion, il avait contracté une dette importante auprès de prêteurs usuriers. Des gens sans scrupule. Comme il ne pouvait plus les rembourser, il a dû céder sa collection de peintures. Ça n'a pas suffi et ses créanciers ont jugé que la valeur de ses œuvres allait augmenter après sa mort.

— Tu n'auras pas à me tuer. Je ne dirai rien.

— Je te prie de me croire, je n'ai pas d'autre choix. C'est contre mon gré que je fais ça. Je t'aime toujours, tu sais.

Les deux hommes échangent des regards tendres.

— Et nous n'aurons pas droit à un dernier souper ensemble ? reprend Antoine.

— Disons que tes questions trop insistantes sont venues tout bousiller.

— N'empêche que je mériterais tout de même le repas du condamné.

— T'as faim ?

— J'aimerais surtout vivre un instant délectable avant de partir pour l'au-delà.

— D'accord, mais je ne pourrai pas te détacher.

— Arrête un peu, penses-tu vraiment que je vais tenter de t'affronter. Je ne fais pas le poids. Tu le sais bien.

— Si tu promets de ne pas me faire de misère, je veux bien te libérer pour l'occasion.

— À la bonne heure ! Tu peux commencer le service. Je sens que l'appétit me revient.

PHILIPPE DÉTACHE les mains de son amant puis lui fixe les chevilles aux pattes de sa chaise. Sage précaution pour éviter que son invité ne lui fasse faux bond. Il se précipite ensuite vers la cuisine. Quelques minutes plus tard, il rapporte un plateau débordant de victuailles. Il dépose le tout sur la table.

— Je t'ai préparé un osso buco. Je sais que tu en raffoles.

— Tu devrais aussi nous sortir une bonne bouteille.

— J'en ai déposé quelques-unes à la cave.

— Tu as du chianti ?

— Alors, ce sera du chianti pour monsieur.

Antoine lui offre son plus beau sourire en guise de renforcement. Pendant que Philippe file au sous-sol, Antoine arrive à desserrer ses attaches. Il sait qu'il n'aura pas le temps de se pousser avant le retour de Philippe. Il lui faudra attendre les bonnes conditions avant de tenter quoi que ce soit.

Les jarrets de porc dégagent des aromates de basilic et de romarin des plus plaisantes. Antoine arrive presque à en oublier le contexte morbide qui caractérise ce début de soirée. Philippe, de son côté, est plus volubile que jamais. Antoine en profite pour le faire parler.

— Comment devient-on tueur à gages ?

— Pour moi, c'est un métier comme un autre.

— On parle ici d'assassiner des gens. Ce n'est pas banal.

— Les gens que j'exécute se retrouvent dans des situations sans issue. Ils ont fait de vilaines choses. Ils ont cédé à leurs pulsions de mort. Ils sont prisonniers de leurs vices. Je les délivre du mal. Ils devraient m'en être reconnaissants.

— C'est une façon de voir les choses, mais c'est un peu radical comme vision. En fin de compte, tu enlèves quand même la vie à quelqu'un.

— Nous sommes tous condamnés à plus ou moins brève échéance. Je ne fais qu'accélérer le processus.

— T'es trop rationnel. Tu n'as donc pas d'émotion ?

— Si, mais je n'ai pas la faculté d'empathie. Je ne suis pas sensible à ce que ressentent les autres. Je ne partage pas leurs souffrances.

— Voilà pourquoi tu ne pleures jamais quand tu regardes un film ?

— Je trouve pathétiques la plupart de ces histoires qu'on nous raconte. Je me moque du sort de ces pauvres types qui se retrouvent dans le pétrin. Par contre, je ris parfois lorsque la situation dramatique m'apparaît totalement absurde.

— Comme maintenant.

Philippe laisse tomber le sourire qui lui calquait le visage depuis plusieurs minutes. Il se lève pour ouvrir la bouteille de chianti qu'il a remontée de la cave.

— C'est une bonne cuvée, commente Antoine.

— 1992, une année exceptionnelle. C'est ma meilleure bouteille. Le joyau de ma collection. Juste pour toi.

Philippe dépose le bouchon sur le coin de la table. Il sait qu'Antoine est un connaisseur et qu'il apprécie d'en humer le parfum. Antoine attrape le bouchon d'un geste maladroit, le laissant tomber sous la table.

— Je suis désolé. Quelle gourde je suis. Je ne peux même pas me pencher pour le ramasser. Je m'en excuse.

— Je vais le faire. C'est la moindre des choses.

Philippe se penche pour se glisser sous la table. Antoine en profite pour ramasser la bouteille de vin

et la fracasser sur le crâne de son hôte. Celui-ci s'af-
fale au sol comme une crêpe. Antoine enlève ses
souliers et extirpe ses pieds de leurs entraves. Une
fois libre, il remet ses chaussures et file vers la
sortie. Il n'aura pas le temps d'attraper les clés de
voiture posées sur un crochet près de la porte.
Philippe s'est déjà relevé et fonce vers lui. Antoine
n'a qu'une option : courir. Il est plus rapide que son
bourreau. Il le sait. Ils se sont souvent entraînés
ensemble à la course à pied.

Une fois dehors, Antoine traverse la cour à
grandes enjambées. Il attrape une racine et
trébuche. Il ne pourra pas atteindre la route. Il se
glisse derrière le cabanon, monte sur la corde de
bois qui s'y trouve et attrape une bûche qu'il
balance sur la tête de Philippe. Ébranlé, celui-ci
tombe à genoux. Du sang coule de son front pour
souiller sa chemise déjà cramoisie par le vin rouge.
Antoine descend de son perchoir et réussit à
plaquer Philippe au sol. Il saisit un caillou de bonne
taille et commence à lui marteler le front. Celui-ci
sourit et réussit à formuler quelques mots avant de
rendre son dernier souffle.

— Merci, mon libérateur…

11 /
honni soit qui mal y pense

Ben Morris & Lou Benedict

LE SILLAGE olfactif laissé par un after-shave haut de gamme annonce la présence du PDG dans les parages. Un musc caractérisé aux notes de cèdre et de bergamote qui imprègne l'atmosphère et fait trembler l'ensemble du personnel. L'homme d'affaires s'amuse du trouble qu'il provoque chez ses employés.

— J'aurais pu me rendre à votre bureau, plaide d'une voix fébrile son VP aux Ressources humaines.

— Avez-vous lancé la procédure de dépistage de talent ?

— Oui, comme le veut la procédure en pareille circonstance.

— Très bien ! Il me faut un candidat de remplacement dans les plus brefs délais.

— Plutôt accablante, cette nouvelle concernant la disparition de notre collègue.

— Il devait avoir de mauvaises fréquentations. C'est ce que j'en conclus.

— N'empêche, personne ne mérite une fin pareille. Qui a pu faire ça ?

— Un ancien amoureux éconduit, qui sait ?

— Quoi qu'il en soit, c'est une lourde perte pour nous. C'était votre dauphin. Il avait la faveur de tous pour vous succéder.

— Je ne suis pas encore parti. Et je crois bien que je vais m'accrocher un peu, n'en déplaise à certains.

— Souhaitez-vous toujours recruter parmi nos rangs ?

— Non, je veux du sang neuf.

— Je dois vous avouer que ce ne sera pas facile de trouver un candidat de ce calibre. Il connaissait l'organisation de fond en comble. Tout le monde l'appréciait. Il avait tout pour occuper la plus haute fonction dans l'entreprise.

— Pas tant que ça. C'était surtout un agneau docile. Il ne possédait pas les qualités nécessaires pour évoluer parmi les loups. Disons-le simplement, il a toujours manqué de couilles. Ça me fait penser, n'oubliez pas d'inviter tout le monde au buffet froid à 17 h. Nous allons souligner sobrement son départ vers l'au-delà. J'ai préparé des hors-d'œuvre de mon cru. Les gens vont en raffoler.

Le PDG s'en retourne comme il est venu, laissant dans l'air l'empreinte de son passage.

DANS LE HALL de l'entreprise, une table est dressée avec un plateau d'amuse-gueules et un bol de punch aux fruits.

La photo du chef des Finances, posée sur la table, souligne l'évidence de son absence. Il y aura sans doute une allocution du PDG à la mémoire de son ancien bras droit.

La secrétaire de direction s'avance la première pour examiner le bol translucide rempli de suprêmes d'agrumes aux lueurs écarlates. Le tout est parsemé de feuilles de menthe finement ciselées. Le résultat donne l'impression morbide qu'on vient de dépecer le corps d'un petit animal sauvage.

Elle chuchote à l'attention d'une autre employée.

— C'est terrible la façon dont il est mort.

— J'ai entendu dire qu'il s'agissait d'un crime particulièrement sanguinaire. Que lui est-il arrivé ?

— On l'a émasculé et il s'est vidé de son sang dans sa propre baignoire. Le plus troublant, c'est qu'on n'a pas retrouvé ses organes génitaux. La police nage en plein mystère. Pas de suspect, pas de mobile, rien…

Les deux femmes reculent un peu dans l'espoir de voir quelqu'un d'autre se servir avant elles.

Les autres membres de l'effectif arrivent enfin, mais l'ambiance demeure lugubre. La secrétaire de direction commence le service de la boisson fraîche, puis s'immobilise dès que le parfum de son impérieux patron parvient jusqu'à ses narines. Elle compte les pas dans son dos et se retourne pour tendre un verre à son supérieur. Elle se réjouit d'avoir préparé les premiers verres sans en renverser une goutte. Il est tellement pingre qu'il aurait remarqué ce gaspillage éhonté.

— Ma chère, vous allez aimer ce nectar aux oranges sanguines à la pulpe d'un rouge flamboyant. Leur goût délicat accompagne à ravir les petites bouchées que j'ai confectionnées pour l'occasion. Il y en a une par personne.

Elle essaie de transformer son pincement de lèvres en un sourire affable. Pour dissiper le malaise, elle choisit un petit craquelin recouvert d'une garniture étalée avec parcimonie. Elle enfourne son canapé sous le regard amusé de son supérieur.

— J'espère que vous appréciez, lance-t-il.

— C'est un goût qui ne me rappelle rien, commente-t-elle en terminant d'avaler sa bouchée. Vous êtes plein de surprises ! De quoi s'agit-il ?

— Des croustillants d'amourettes d'agneau…

12 /
anormal

Ben Morris

LORSQU'IL entre dans la chambre d'hôpital, Mario s'inquiète pour son frère Pierre qui a subi de multiples fractures et un traumatisme crânien lors d'un accident de la route.

Mario se tourne vers sa sœur Louise, assise au chevet de son frère. Elle chuchote à l'oreille de ce dernier que Mario est venu les rejoindre et qu'en-semble ils vont l'aider à s'en sortir. Louise se lève pour saluer son frère Mario. Elle le prend dans ses bras et le serre fort. Elle peine à retenir ses larmes. Mario lui caresse les cheveux pour la consoler.

Allongé sur le dos, le visage pâle et les joues creusées, Pierre garde les yeux fermés. Il respire faiblement à l'aide d'un tube qui lui passe par le nez et qui est relié à un respirateur artificiel. Le souffle de la machine se mêle au bip régulier du moniteur qui affiche les signaux de son cœur et de son cerveau. Des électrodes sont collées sur son front, ses tempes et sa poitrine, et transmettent des courbes irrégulières à l'écran. Une perfusion lui injecte des médicaments par le bras gauche, tandis qu'un cathéter lui draine l'urine par le bas-ventre. Il porte une blouse bleue qui laisse entrevoir ses jambes maigres et ses pieds nus. Il paraît inconscient de son environnement, plongé dans un coma profond. Le silence de la chambre est seulement troublé par les bruits des machines qui le maintiennent en vie.

Mario s'approche du lit de son frère. Il le regarde avec tendresse et compassion. Il demande à sa sœur ce qui a bien pu se passer pour que leur frère aîné se retrouve dans cet état. Elle lui raconte dans le détail que Pierre a été fauché par une voiture alors qu'il empruntait un passage piétonnier. Elle lui précise que le conducteur, en état d'ébriété, aurait tout bonnement manqué un feu rouge.

Mario prend la main de son frère dans la sienne et lui parle doucement, il lui raconte sa journée, lui donne des nouvelles de sa famille. Il essaie de le faire réagir, de lui donner de l'espoir, de lui transmettre sa force. Il a l'impression que son frère l'entend, qu'il le reconnaît et qu'il lui répond par la pression de sa main. Il continue de lui parler en lui rappelant les bons moments qu'ils ont passés ensemble, leurs jeux, leurs rires et leurs confidences. Il sourit et lui dit qu'il l'aime. Il lui répète qu'il est là pour lui et qu'il ne va pas l'abandonner.

Mario est envahi d'émotions contradictoires. Il se sent coupable de ne pas avoir été plus présent pour son aîné au cours des dernières années, de ne pas avoir répondu à ses appels, de ne pas avoir partagé ses joies et ses peines. Il est aussi en colère contre le chauffard qui a causé l'accident. L'ignoble individu s'en est sorti indemne et n'a même pas présenté ses excuses. Il est triste de voir son frère dans cet état, branché à des machines, incapable de parler ou de bouger. Il espère qu'il va s'en sortir, qu'il va retrouver sa santé, sa joie de vivre, son sourire.

La porte de la chambre s'ouvre et un homme en blouse blanche se présente à eux. Mario est content de rencontrer celui qui est responsable de soigner son frère. Il a mille et une questions sur son état de santé et sur sa condition. Sous l'insistance de Mario, le médecin répond finalement.

— Pour l'instant, je regrette de ne pas être en mesure de formuler un pronostic de survie. Je vous confirme seulement que son état est critique.

— Il y a quand même au moins une chance pour qu'il revienne à lui. Alors, magnez-vous !

Louise intervient pour raisonner son frère.

— Je t'en prie Mario. Je suis sûr qu'ils font tout en leur pouvoir pour aider Pierre. Ne sois pas aussi dur avec le personnel soignant.

Le médecin a l'habitude de ce genre de réactions. Il s'approche de son patient et prend son stéthoscope pour ausculter ses poumons et écouter battre son cœur. Il note ses signes vitaux. Il sort de sa poche un dossier électronique et y enregistre quelques notes. Il repart aussitôt, en les saluant de la tête.

Mario, frustré, marche de long en large dans la pièce.

— Je descends me chercher un café. J'ai besoin de me calmer. Veux-tu que je te remonte quelque chose ?

— Ça va, je vais juste rester là.

MARIO PASSE la porte pour la laisser seule avec Pierre. Louise s'assoit dans le fauteuil près du lit et observe la chambre d'hôpital dont le décor aux couleurs froides et neutres lui apparaît bien terne. Les murs sont peints en blanc, avec quelques touches de bleu clair ou de vert pâle. Le sol est recouvert d'un carrelage gris ou beige, facile à nettoyer. Le lit du patient est habillé d'un drap blanc, d'une couverture bleue et d'un oreiller blanc. La blouse bleu pâle que porte Pierre, combinée à l'éclairage fluorescent blanc, contribue à lui donner un teint blafard. Les seules touches de couleur vive proviennent des appareillages qui l'entourent. Des machines de couleur noire, grise ou métallique, avec des écrans verts ou bleus affichent les données vitales du patient. L'air est lourd et étouffant, comme si on ne l'avait pas renouvelé depuis long-temps. Une odeur de désinfectant, de médicaments et de sueur plane dans la chambre. On sent aussi une pointe d'urine, provenant du cathéter qui draine le patient.

Louise regarde par la fenêtre et constate que l'obscurité est déjà bien installée. Elle ferme les yeux en attendant que Mario vienne la rejoindre. Elle voudrait dire une prière, mais elle ne sait pas si celle-ci sera entendue. Peut-être que Dieu ne se soucie pas du sort de son frère après tout. Comment appelle-t-on les êtres comme Pierre ? Des sous-humains, c'est ça ?

Quelques minutes plus tard, Mario pousse la porte. Il affiche un air plus décontracté.

— Ça t'a fait du bien, le café.

— En effet, et j'ai aussi parlé à d'autres personnes dans notre condition et il existe une solution simple qui consiste à tout simplement remettre notre frère en fonction.

— Je ne te suis pas, là.

— Il existe un bouton *REBOOTH*, juste là derrière la tête de lit.

— Ok, je n'aime pas ça. Tu délires, là.

— C'est peut-être notre seule chance de le réanimer.

Mario cherche sur la machine le bon bouton à actionner.

— Tu n'es pas sérieux. Attendons au moins que le médecin revienne avec son diagnostic.

Ils restèrent ainsi pendant des heures, enfermés dans le huis clos de leur conscience, face au dilemme qui les déchirait.

———

VERS ONZE HEURES TRENTE, le médecin revient à la chambre. Il les regarde avec sollicitude avant d'ouvrir la bouche.

— Je suis désolé, mais je n'ai pas de bonnes nouvelles pour vous.

— Que voulez-vous dire ? demande Louise. Il est toujours en vie. Il peut récupérer…

Le médecin reste impassible devant le regard suppliant de Louise.

— Dites-moi qu'il y a toujours de l'espoir pour qu'il redevienne comme avant, insiste Mario.

— J'ai bien peur de vous décevoir. Sa condition s'avère critique et les dommages qu'il a subis à son système central sont malheureusement irréversibles.

— C'est quand même un être humain à la base. Il a les mêmes droits que tous les êtres humains.

— Malgré les apparences, on ne peut le considérer comme un être humain.

En disant cela, le docteur s'approche de son patient. Il lève une de ses paupières pour exposer un œil qui émet une faible lumière rouge.

— Il est composé en partie de matériel biologique, outre la mécanique et la circuiterie électronique qui l'habitent. Son cerveau se compose à la base d'un ordinateur super puissant qui complète ses fonctions motrices, lesquelles sont animées par des neurones conventionnels.

— Il est robuste. On nous a toujours dit qu'il était pratiquement immortel.

— C'est en partie vrai. Ses os sont en alliage résistant et incorruptible. Ses muscles sont renforcés de filaments de composite qui décuplent sa force et sa résistance. Son cœur n'est pas comme le nôtre. Le sien est une pompe alimentée par une pile.

— Il bat toujours, à ce que je sache.

— Malheureusement, il n'y a pas que ça. L'impact qu'il a subi a été très violent. Sa boîte crânienne a été fracturée et son système de contrôle ne répond plus.

— La partie humaine de son cerveau est toujours intacte, dans ce cas.

— Pas tout fait, mais ce n'est pas ce qui nous préoccupe le plus. De toute façon, la partie biologique du cerveau ne contrôle que les fonctions physiologiques et motrices du corps. Toutes les fonctions cognitives sont assujetties aux micropuces qui se trouvent dans l'ordinateur qu'il a dans le crâne. Disons que c'est la partie informatique de son cerveau qui enregistre les dommages les plus importants.

— Justement ! s'excite Mario. Tout ça se répare. Vous pouvez le remettre en état, j'en suis sûr.

— Techniquement, c'est vrai. Cependant, ça n'en vaut pas le coup. Il s'agit d'un modèle obsolète. Vous feriez mieux de considérer vous doter d'une génération plus récente.

— Pour nous, c'est plus qu'une simple machine, s'indigne Louise. Pierre faisait déjà partie de la famille avant que nous venions au monde. Il n'est pas question de le laisser tomber. Nous sommes prêts à assumer tous les coûts.

— Là n'est pas la question. Vous devez comprendre qu'il ne sera plus jamais le même, après.

— Sa mémoire doit être stockée quelque part. On pourra recharger tous ses souvenirs après l'avoir remise en état.

— Les cyborgs se comportent et agissent tout comme les humains de manière autonome. Pour dégager leurs circuits de certaines données encombrantes, ils ont en effet accès à des espaces de stockage externes. Ils comptent aussi sur toutes les sources d'information qui se trouvent sur l'internet pour évoluer et se rendre utile à leur entourage. Cependant, ce n'est pas suffisant. Leur conscience, si je puis parler ainsi, se constitue d'une arborescence unique et propre à chaque spécimen. Autrement dit, ils sont comme nous, ils développent leur propre personnalité qui se définit au fil du temps. Je comprends que vous soyez attachés à lui, mais vous devrez faire le deuil de celui que Pierre a été. Il n'est plus là.

Louise s'effondre en larme. Mario s'approche d'elle et passe son bras autour de ses épaules. Louise se cache le visage. Elle sanglote et se courbe le dos. Mario se penche pour l'encourager à rester forte.

— Ne t'en fais pas, je suis là.

— Je vais vous laisser seuls avec lui. Profitez-en pour lui faire un dernier adieu. Je reviendrai pour procéder au débranchement des machines dans une heure environ.

Mario et Louise se retournent pour s'approcher de leur frère pendant que le médecin passe la porte.

À LA MORT de leur père, leur mère dévastée par le chagrin n'avait plus la force de s'occuper d'eux. C'est ainsi que Mario et Louise furent confiés aux bons soins de Pierre, le cyborg, qu'ils considéraient comme leur nounou. Pierre les avait élevés avec amour et patience, leur apprenant tout ce qu'il savait sur le monde. Il leur a fait découvrir la musique, la littérature, l'art, la science, et bien d'autres choses encore. Il les a protégés des dangers de la société, des gangs, des drogues et de la violence. Il les a soutenus dans leurs rêves et leurs projets, les encourageant à poursuivre leurs études et à développer leurs talents. Il les a accompagnés dans les moments difficiles, les consolant de leurs peines et de leurs échecs. Il les a fait rire avec ses blagues et ses anecdotes, partageant avec eux sa joie de vivre et son humour.

Mario et Louise gardent de Pierre des souvenirs inoubliables, remplis de tendresse et de gratitude. Ils se souviennent de ses gestes affectueux, de ses paroles réconfortantes, de ses regards bienveillants. Ils se souviennent de ses histoires passionnantes, de ses conseils avisés, de ses opinions originales. Ils se souviennent de ses cadeaux surprenants, de ses surprises amusantes, de ses attentions délicates. Ils se souviennent de sa voix douce, de son sourire chaleureux, de son rire contagieux.

Pierre était plus qu'un cyborg pour Mario et Louise. Il était leur ami, leur mentor, leur confident. Il était leur père adoptif, leur ange gardien, leur héros. Il était leur lumière, leur inspiration, leur bonheur.

— Tu te souviens quand Pierre nous a emmenés au parc d'attractions pour notre anniversaire ? lance Mario pour briser le silence.

— Oui, c'était génial ! Il nous a laissés faire tous les manèges qu'on voulait, même les plus rapides et les plus hauts. Il n'avait pas peur du tout, il criait de joie avec nous.

— Et il nous a acheté des barbes à papa, des pommes d'amour, des churros... Il nous a dit qu'on pouvait manger tout ce qu'on aimait, tant qu'on se brossait les dents après.

— Et il nous a pris en photo devant la grande roue, avec nos visages tout souriants et nos yeux qui brillaient. Il nous a dit qu'on était les plus beaux enfants du monde.

— En ce qui me concerne, je peux dire que c'était le plus beau jour de notre vie.

— Tu te souviens quand Pierre nous a appris à jouer du piano ?

— Comment oublier ce moment magique ! Il nous a montré comment placer nos doigts sur les touches, comment lire les notes sur la partition, comment faire des accords et des mélodies.

— Et il nous a fait écouter des morceaux de Mozart, de Beethoven, de Chopin... Il nous a dit qu'ils étaient les plus grands compositeurs de l'histoire, et il nous a initiés aux grands chefs-d'œuvre qu'ils ont créés.

— Et il nous a encouragés à composer nos propres chansons, à exprimer nos sentiments et nos idées avec le piano. Il nous a dit qu'on avait du talent et du potentiel.

— La musique est un magnifique cadeau qu'il nous a offert.

— C'est sans compter les heures où Pierre nous a aidés à faire nos devoirs ?

— Il nous a appris à résoudre les problèmes de mathématiques les plus complexes, à rédiger les dissertations et à mémoriser les dates importantes de notre histoire.

— Il nous a félicités pour nos efforts, nos progrès, nos réussites. Il nous a dit qu'on était les plus intelligents et les plus studieux, et qu'on irait loin dans la vie.

— Il nous a fait découvrir des livres et des films pour stimuler notre imagination.

— Il nous a offert le meilleur soutien qu'il pouvait nous apporter.

Mario se lève et se dirige vers la machine où se trouve le bouton avec la fonction de réanimation. Louise comprend son intention et tente de l'en dissuader.

— Laisse-moi faire, Louise. Je veux sauver Pierre. Il est notre grand frère, il mérite de vivre.

— Non, Mario. Tu ne sais pas ce que tu fais. Tu risques de le faire souffrir inutilement. Il est déjà irrécupérable, tu ne peux pas le ramener à la vie.

— Ne dis pas ça, Louise. Pierre n'est pas mort. Il est juste endormi. Il a besoin de nous, de notre énergie. Ce bouton peut le réanimer, je le sens.

— Tu te trompes, Mario. Ce bouton est dangereux. Il peut provoquer une surcharge, une explosion, un incendie… Il peut nous tuer, nous et Pierre. Tu ne veux pas ça, n'est-ce pas ?

— C'est la peur qui te fait parler ainsi, Louise. Tu as peur de perdre Pierre. Mais moi aussi, je l'aime. C'est lui qui nous a tout donné, qui nous a tout appris, qui nous a rendu tout possible. On lui doit tant, Louise. Nous devons au moins essayer.

— Tu es fou, Mario. Tu es fou de croire que ce bouton peut faire un miracle. Pierre est un cyborg, pas un humain. Il a une limite, il a une fin. Il faut l'accepter, Mario. Il faut le laisser partir.

— Jamais, Louise. Jamais je ne le laisserai partir de cette manière.

— Arrête, Mario. Arrête de dire des bêtises. Pierre est juste un objet, une machine, un programme. Il n'a pas de sentiments, pas d'émotions, pas d'âme.

— Comment oses-tu dire ça, Louise ? Comment oses-tu insulter Pierre ? Tu n'as donc aucun respect, aucun amour pour lui.

— C'est faux, Mario. C'est faux et tu le sais. J'ai du respect et de l'amour pour lui.

— Alors pourquoi veux-tu l'abandonner, le laisser mourir, me l'arracher ?

— Parce que c'est la seule chose à faire, Mario. La seule chose raisonnable, la seule chose digne, la seule chose humaine…

— Non, Louise. Non, non et non ! Je refuse de faire ça ! Je refuse de les laisser faire ça ! Je vais appuyer sur ce bouton ! Je vais sauver Pierre !

— Non, Mario ! Non ! Ne fais pas ça ! Ne touche pas à ce bouton ! Tu vas tout gâcher ! Tu vas tout perdre !

— Trop tard ! J'ai appuyé ! J'ai appuyé…

UN BOUTON rouge s'allume sur le panneau de contrôle, suivi d'un bip sonore. Une lumière verte clignote sur l'écran, indiquant que le processus de réanimation était enclenché. Une série de chiffres et de symboles défile sur l'affichage, montrant les paramètres vitaux du cyborg.

Les machines se mettent alors à travailler. Une pompe injecte un liquide bleuâtre dans les veines de Pierre, lui fournissant de l'oxygène et des nutriments. Un stimulateur électrique envoie des impulsions dans son cerveau, lui redonnant de l'activité et de la conscience. Un ventilateur souffle de l'air dans ses poumons, lui permettant de respirer à nouveau.

Peu à peu, Pierre reprend conscience. Il ouvre les yeux, regarde autour de lui, ne reconnait pas l'endroit où il se trouve. Mario et Louise, ses enfants adoptifs, le regardent avec angoisse et espoir. Il leurs sourit faiblement et murmure quelques mots.

— Je suis là... Je suis vivant... Qui êtes-vous ?

— Pierre, je suis désolé de te dire ça, mais tu as été victime d'un grave accident, explique Mario. Tu as perdu beaucoup de sang et une partie de ta mémoire. Tu as été transporté à l'hôpital, où les médecins ont tenté de te sauver. Ils ont réussi à te stabiliser, mais ils n'ont pas pu te réveiller. Tu es resté dans le coma pendant plusieurs heures.

— Mario a compris qu'il existait un bouton qui pouvait peut-être te réanimer. Même si c'était très risqué, il a appuyé sur le bouton et tu as ouvert les yeux.

— Pierre, je suis heureux que tu sois vivant, mais je suis triste que tu ne nous reconnaisses pas. Nous allons arranger ça pour toi.

— Pourquoi feriez-vous ça pour moi ?

— Tu es notre grand frère, mais je te considère comme mon père.

— C'est insensé. Je ne vous crois pas. Comment puis-je être votre père, alors que je suis un cyborg. Je pense plutôt que vous voulez me faire du mal.

Pierre commence à transpirer, à trembler, à haleter. Des spasmes, des convulsions, et des soubresauts commencèrent à envahir son corps tout entier jusqu'à ce qu'il n'arrive plus à parler, à bouger, à respirer.

— Qu'est-ce qui t'arrive, Pierre ? demande Mario. Qu'est-ce qui ne va pas ?

— Il souffre, c'est visible, répond Louise. Il faut mettre fin à son calvaire, pour de bon. Nous n'arriverons à rien comme ça. Il faut tout arrêter.

— Mais comment ?

— Sur l'écran, il y a un bouton *ABORT*. Appuie dessus.

Pierre avait les yeux ouverts. La lumière rouge qui éclairait ses pupilles était brillante comme jamais auparavant. Quand il était stressé et en colère, la lueur gagnait en intensité, mais là c'était autre chose. Ça en était presque aveuglant. Son corps était tellement tendu qu'on aurait dit qu'il était sur le point d'exploser.

— Tu as raison. Il faut tout arrêter.

Mario se penche au-dessus du lit pour atteindre le moniteur de contrôle afin de mettre un terme à l'opération de réanimation. Pierre se redresse et lève le bras pour lui bloquer le chemin. Mario insiste, mais il n'a pas la force de lutter contre le bras puissant de Pierre. Il grimpe sur le bord du lit pour accéder au bouton *ABORT*. Pierre agrippe Mario à la gorge. Ce dernier émet des borborygmes en gigotant pour se déprendre. Pierre serre de plus en plus fort, lui broyant le cou, à tel point que la tête de Mario semble vouloir se détacher du reste de son corps.

Tous les signaux d'alarme des appareillages électroniques s'activent en provoquant un boucan d'enfer.

Louise, horrifiée, se jette sur Pierre en l'implorant d'arrêter. Voyant qu'elle ne peut rien pour son frère Mario, elle tente à son tour d'atteindre le bouton *ABORT*. Pierre l'en empêche en l'agrippant à son tour à la gorge, de son autre main.

Alerté par le bruit des machines qui s'affolent, le médecin entre dans la chambre d'hôpital. Il est témoin du triste spectacle. Le sang gicle des deux cadavres qui sont encore suspendus au bout des bras de Pierre. Il se précipite sur le module de réanimation et le balance à terre d'un coup de pied. Pierre perd ses forces et relâche ses deux victimes. Le médecin attrape Louise dans ses bras. Elle est toujours vivante, mais son état est critique. Elle regarde le médecin qui vient de lui sauver la vie puis ferme les yeux et tout devient noir.

notes de lecture

Mal armé, Ben Morris

Ce texte est d'abord paru sous le titre de « Sam Laroche » dans le Recueil Maudit II (Dave Turcotte-Lafond, 2022) au profit de l'organisme SOS violence conjugale. Cinquante-trois auteur.e.s, incluant le populaire Patrick Senécal, se sont réuni.e.s pour la cause dans ce recueil de nouvelles noires. Mon texte, une représentation allégorique du passage de la vie à la mort, fut un exercice de style où j'essayais jusqu'à la toute fin d'être le moins explicite possible sur ce qui arrivait à mon protagoniste principal. Ceux qui connaisse nos plumes respectives ont noté que cette histoire adopte un ton à la Lou Benedict. Il faut croire que le fait de travailler en étroite collaboration avec cette auteure de génie a fini par m'influencer.

Pour mal faire, Lou Benedict

D'abord parue dans le collectif Cœurs des ténèbres, en soutien à Autisme international (Antony Gallago, Julien Leon, Alain Leclerc, 2024), cette nouvelle repose sur une prémisse soumise par Ben Morris. Dans ce récit, j'élabore sur le sort de jeunes jumelles identiques dont l'une est comateuse tandis que l'autre est privée de lui rendre visite afin de lui éviter un souvenir traumatisant, selon le point de vue des parents. La sœur sera confrontée à l'indicible douleur découlant de la décision familiale de débrancher le corps inerte, alors qu'elle croit que tout n'est pas perdu pour sa jumelle. À ma façon, j'installe la connivence d'une communication à plusieurs dimensions, pour ne pas parler d'un assujettissement psychique entre les fillettes, afin d'ouvrir sur une finale intrigante.

Protégez-nous du mal, Lou Benedict

Cette nouvelle de science-fiction portait le titre « Encore une fois » dans le collectif Échos de l'imaginaire, au profit d'Autisme Centre-du-Québec (Marilyne Laurendeau, 2024). Cette dystopie présente une intrigue imaginée autour d'un concept étatique appelé RESET pour « Renaissance Exempte de Stress et de Traumatisme ». L'action se déroule dans un avenir pas très lointain, où la jeune Marisa est sommée de se rendre au pavillon gouvernemental qui lui offrira son prochain jumelage avec un jeune homme. Au prix d'un nouveau prénom, d'un emploi attribué à chaque membre du duo selon la durée de leur essai de vie à deux et d'un partage restreint d'information entre les conjoints, elle devient Eva et lui Adamo. En créant ce monde administré selon le programme de compatibilité entre les individus, reposant sur un mécanisme d'autorégulation des humeurs, j'offre une fable grinçante sur le mirage du bonheur orchestré par la technologie.

Le mal intérieur, Ben Morris

Ce texte a été conçu dans le cadre du projet collectif « Barry » sous la direction de Jenofa Guillaumin et de Marc Éthier. Le profit des ventes a été versé à l'Association canadienne pour la santé mentale. L'idée de départ consistait à réunir trente auteur.e.s dans le but de créer un récit unique. La première étape consistait à créer un personnage singulier. Il pouvait s'agir d'un enfant, tout comme d'un vieillard, homme ou femme, d'un banquier tout comme un psychopathe, l'important étant qu'il soit humain et qu'il puisse communiquer (de n'importe quelle manière). Nous devions ensuite mettre en scène notre personnage dans un cachot lugubre, éclairé d'un néon au plafond, en compagnie d'un corps inanimé allongé au milieu de la pièce. Soulignons que la trame narrative à élaborer demeurait secrète. Personne ne devait être au courant de ce que les autres avaient écrit. Le résultat servait à illustrer la complexité psychique de Barry, un individu souffrant d'un trouble de personnalités multiples. Pour le présent recueil, j'ai légèrement révisé le texte afin d'en faire un récit autonome.

Les petits malentendus, Lou Benedict

En plein cœur de la pandémie, un appel à textes sous le thème « Brouhaha » a fait émerger, sous son titre original « Des pommes et des oranges », cette nouvelle épistolaire. Je dois à Ben Morris l'idée de l'échange mère-fille, afin d'incarner ce cri du cœur visant la désinformation et les théories fallacieuses provoquées et alimentées par l'enjeu de la vaccination obligatoire. Ce duel émotionnel reflète les schismes dans les meilleures familles, les ruptures d'amitié et les syndromes d'asociabilité dans toutes les sphères de la vie qu'on appelle désormais les séquelles du confinement. Je décris un combat intergénérationnel couché sur papier dans le journal intime de la mère qui s'inquiète de la construction de la pensée de sa propre fille. La complexité des faits — en évolution constante selon la construction scientifique des connaissances — exige la réflexion en continu, en opposition à la prouesse rhétorique des raisonnements faciles à retenir, parfois occultés des réseaux sociaux aussitôt publiés (C'est tout vu : les grandes révéla-tions souffrent de persécution).

Un mal invisible, Ben Morris

Cette nouvelle de science-fiction portait le titre de « Nébula » dans le collectif Échos de l'imagi-naire, au profit de l'organisme Autisme Centre-du-Québec (Marilyne Laurendeau, 2024). Il s'agit pour moi d'une nouvelle incursion dans un genre que j'affectionne beaucoup, la science-fiction. Pour élaborer ma trame narrative, je me suis inspiré du film « The Thing » de John Carpenter. L'histoire fait aussi référence à notre crainte du mal invisible, comme les virus. On a qu'à penser à l'Ébola et plus récemment au coronavirus qui a frappé la planète pour comprendre que nous sommes à la merci de ces petites bestioles insidieuses.

Tant bien que mal, Ben Morris

Cette nouvelle portait au départ le titre de « Dé-gelis » dans le collectif Recueil Maudit III au profit de l'Association québécoise de prévention du suicide (Dave Turcotte-Lafond, 2023). Soixante auteur.es, incluant la populaire Cynthia Haven-dean, étaient réuni.e.s dans ce recueil de nouvelles noires. J'ai imaginé mon histoire autour d'un type souffrant d'un mal étrange ; dès qu'il entre en contact avec une personne, il provoque sa mort. Quelle damnation pour quelqu'un qui en définitive ne cherche qu'à faire le bien. Ce texte traite du destin et de la fatalité et sous-tend une réflexion sur les relations que nous entretenons avec les autres.

Malaise et falaise, Lou Benedict

L'exercice d'écriture du *Jack-in-the-Box* consiste à inventer une histoire dans laquelle une liste ou une énumération quelconque sera gratifiée d'une infraction, pour créer l'étonnement à la lecture et ouvrir une tangente à l'ambiance. J'étais au Camp littéraire Félix au Cénacle de Cacouna : un lieu de pèlerinage spécialement ouvert pour la retraite d'une semaine de notre groupe de huit auteures autour du coach formateur Sébastien Chabot. La consigne était de référer au lieu connu des autres participantes afin de saisir l'intrusion et accueillir le choc. Le décor idyllique du début d'été était propice pour provoquer un coup d'œil perturbateur. Quoi de mieux qu'une mère d'un jeune bambin culpabilisant sur son premier séjour de repos en solo (malgré qu'elle ait laissé son rejeton sous bonne garde) pour lancer une réflexion sur les remords et le doute ? J'en ai profité pour jouer avec l'intertextualité à deux niveaux : les textes bibliques sur les panonceaux et l'extrait d'une chanson populaire qui expriment l'ambivalence entre l'innocence du cœur et les contingences du corps.

Libéré du mal, Ben Morris

Cette nouvelle, sous le nom : « Le Libérateur », se trouve dans le collectif Cœurs des ténèbres (Antony Gallago, Julien Leon, Alain Leclerc, 2024) en soutien à Autisme international. Le collectif réunit 27 textes noirs (sans nécessairement être horrifiques) d'auteurs canadiens, français et belges. L'action de mon histoire débute au Jardin botanique de Montréal, un lieu que j'ai abondamment fréquenté du temps où j'habitais à proximité. Autre particularité, mon texte expose une relation amoureuse homosexuelle, un territoire que je n'avais jamais encore exploré.

Honni soit qui mal y pense, Lou Benedict & Ben Morris

Il s'agit d'un défi lancé par les lecteurs et lectrices lors d'un événement Facebook *LIVE* organisé par le groupe « Buffet littéraire ».

Nous devions fournir un court texte qui intègre quelques mots fournis par le public. Dans notre cas, nous avons hérité des mots suivants : aimer, after-shave, buffet froid, dauphin, dépistage et sanguinaire. Le lendemain, nous étions en mesure de fournir ce texte de notre cru qui met en scène un monde bureautique que nous avons tous deux longuement fréquenté. Eh oui, même dans un univers civilisé, il peut y avoir des tragédies où le comportement de l'homme se révèle proche de celui de l'animal sauvage.

Anormal, Ben Morris

Ce texte inédit s'inspire vaguement d'une situation familiale où la décision de maintenir en vie ou de débrancher une personne, maintenue en vie artificiellement, reposait sur les épaules de ses frères et sœurs. Il traite d'enjeux éthiques et moraux autour de la mort, de l'acharnement thérapeutique ainsi que de la responsabilité qui incombent aux survivants et au personnel médical en pareilles circonstances. Pour introduire une distance par rapport aux événements vécus dans notre famille, j'ai créé le personnage de Pierre le cyborg. Cet ajout amène également une réflexion sur l'évolution de l'intelligence artificielle et d'autres dérives technologiques qui prennent de plus en plus de place dans nos vies.